# 穿越红楼

苗怀明 主编

红学课花式作业集

中国出版集团有限公司
华文出版社

# 图书在版编目（CIP）数据

穿越红楼：红学课花式作业集 / 苗怀明主编. 北京：华文出版社，2025.5. -- ISBN 978-7-5075-6151-7

Ⅰ. I207.411-53

中国国家版本馆CIP数据核字第2025FY7528号

**穿越红楼：红学课花式作业集**

| | |
|---|---|
| 主　　编： | 苗怀明 |
| 策划编辑： | 董　易 |
| 责任编辑： | 刘　健 |
| 助理编辑： | 祁　喆 |
| 出版发行： | 华文出版社 |
| 地　　址： | 北京市西城区广外大街305号8区2号楼 |
| 邮政编码： | 100055 |
| 网　　址： | http://www.hwcbs.cn |
| 电　　话： | 总编室 010-58336210　编辑部 010-58336238 |
| | 发行部 010-58336267　010-58336202 |
| 经　　销： | 新华书店 |
| 印　　刷： | 北京新华印刷有限公司 |
| 开　　本： | 787mm×1092mm　1/32 |
| 印　　张： | 7.75 |
| 字　　数： | 260千字 |
| 版　　次： | 2025年5月第1版 |
| 印　　次： | 2025年5月第1次印刷 |
| 标准书号： | ISBN 978-7-5075-6151-7 |
| 定　　价： | 88.00元 |

版权所有，侵权必究

# 红楼作业何以花式

本书是我在南京大学开设《红楼梦》研究课程的花式作业集。既然要开设课程,必定会布置作业,何以要花式?何为花式作业?到底花在何处?其必要性何在?且听我慢慢道来。

布置花式作业固然有灵光一现的感悟,更多的则是来自我对大学课程的认知。我在上大学的时候,本科课程就按照这样的套路进行:老师带着发黄的讲义走进教室,旁若无人地埋头念稿子,下课铃声响起,头也不回地走出教室。等待期末考试,或明或暗地给学生划重点,然后学生一顿熬夜突击,最终成绩出来,人人过关,皆大欢喜。至于老师发黄的讲稿,后来也会成为教材出版,说不定还能得个教学奖。这种情况至今也没有真正的改变,只不过发黄的讲义变成万年不变的电子讲稿而已。

时代变了,学生变了,对人才的需求也变了。高校的教学基本上还在遵循传统模式,难怪 DeepSeek 等人工智能软件出来之后,不少人提出大学教学无用论,这是大家针对当下本科教学提出的质疑,这种质疑是有道理的。如果再没有大的变革和改进,高校的教学真的会被人工智能碾压。

起初在设计花式作业的时候,还没有想到人工智能发达到今天这样的程度,当时只是想着,让课程有趣一些,让学生真正学些本领。

所谓的"花"体现在如下三个层面：

一是内容上，结合教学，设计一些比较有趣的问题。比如林黛玉的家产去哪了，袭人是不是告密者等。题目看似"八卦"，但背后都有学术在支撑，我们的做法是，从"八卦"开始，以学术结束。

二是形式上，要求放弃那种高头讲章的论文写法，采取爆笑、无厘头的方式。比如林黛玉葬花、贾宝玉挨打后帮其发个朋友圈，比如论证《红楼梦》的作者是自己，比如帮《红楼梦》里的年轻人找工作等。我们的口号是：一本正经搞笑，认认真真读书。

三是渠道上，将同学们的花式作业做成推文，在我创办的古代小说网微信公众号上发布，将同学们的学习心得与公众分享，让课堂面向社会。

花式作业看起来似乎很轻松，但布置起来相当不容易，不是所有的题目都适合做花式作业。既要有幽默效果、新奇好玩，又要有内涵、具有学术性，不能失之油滑。为此，经常绞尽脑汁，好久才想出一个题目，到上课前也许又改变主意。每一次推文我都会写一篇"编者按"，介绍布置作业的目的和想法。对学生来说，做起来也是相当费神的，因为没有现成的答案，他们必须打开脑洞，写出自己的东西。毫不夸张地说，这些花式作业具有很大的原创性，用 AI 是找不到答案的。

我的动机很简单，那就是让同学们熟悉作品，激发他们对课程的兴趣，进而掌握研究的方法。当然也是想做个尝试，改变以往的教学模式，摸索一条适应时代需求、受学生欢迎的教学方式。

花式作业受到同学们的欢迎，对我来说也是很大的收获，让我体会到得天下英才而教之的快乐。其间，我发现了一批很有才华的学生，比如参与这次花式作业集出版的几位同学就是其中的佼佼者。从同学们的作业中我也得到不少启发，比如用香气塑造女性人物，比如《红楼梦》中的水果书写等，这些问题以往没有注意到，正是通过同学们的讨论和作业我才意识到这些不仅是有趣的话题，而且值得深入探究，正所谓教学相长吧。需要说明的是，花式作业只是《红楼梦》研究课程作业的一种，我们还有课堂作业、课程大作业等作业形式，比如我还要求学生背诵《红楼梦》回目、用不同版本校勘等。

课程作业方式变革的背后是新型的师生关系。同学们尽可以在花式作业中调侃我、黑我，我也时常开他们的玩笑，大家在一起嘻嘻哈哈，关系很融洽。感觉叫老师、同学很生分，我干脆叫同学们"小妖"，同学们则称呼我为"大王""魔头"，大家形成一种亦师生亦朋友的关系。这也引起不少人的兴趣，我出去开会、做讲座，不时有人问，怎么没有带"小妖"过来。

花式作业起初在《红楼梦》研究课程中采用，后来还用到中国文学史的教学中，形成两套花式作业，成为我本科教学的重要内容，经《扬子晚报》《现代快报》等多家媒体的追踪报道，在社会上产生了较大的影响。有些同仁借鉴我的教学形式，取得了不错的效果，这是我很乐意看到的。毕竟我只是在南京大学这一所学校进行尝试，如果大家都参与进来，也许能改变当下高校的教学方法。

也有一些朋友好心劝我去申报教学奖、名师奖之类的东西，我都谢绝了。我更喜欢做有兴趣而有意义的探索，这种尝试的快乐于我而言，是超出奖项带来的愉悦的。

《穿越红楼：红学课花式作业集》的出版除了出版社的力量外，我还特意邀请唐小蔚、梁罗茜、何可、梁欣悦这四位同学参与。她们都选修过我的《红楼梦》研究课程，其中梁罗茜、何可还继续跟我读研究生。四位同学多才多艺，是我在布置花式作业、做推文的时候发现她们的，对她们也很信任。这次出版有她们的鼎力相助，很有纪念意义，也保证了书的高品质，我很开心看到她们的成长。

花式作业既是我《红楼梦》研究课程教学的一种探索尝试，也是一种打开《红楼梦》的有效方式。对广大读者来说，阅读欣赏《红楼梦》没有那么艰难，我们可以从一个个有趣的问题开始，让兴趣引领阅读。本书所收的十篇作业可以看作是打开《红楼梦》的十个窗口，从每个窗口看出去，都是一道绝美的风景，由此可以领略《红楼梦》的博大精深，领略它的语言之美、才情之美。

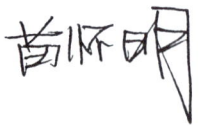

2025年3月12日

《红楼梦》研究课程 2018年班级合影

《红楼梦》研究课程 2021年班级合影

《红楼梦》研究课程 2023年班级合影

五

# 目 录

| | | | |
|---|---|---|---|
| 一 | | 学子笑言雪芹再世梦<br>真相揭秘笑中带妙趣 | 楔 子 |
| 一一 |  | 活宝玉挂彩忙回微信<br>痴黛玉葬花急发票圈 | 第 一 回 |
| 三七 | | 大观园盛宴纷呈华彩<br>红楼梦佳肴惹众馋涎 | 第 二 回 |
| 六三 | | 南雍抱卷结红楼旧友<br>九乡河畔迎庠序新生 | 第 三 回 |
| 七九 |  | 林潇湘剁手卖文度日<br>贾怡红搬砖变废为宝 | 第 四 回 |
| 九九 |  | 击鼓传花红楼怀旧情<br>披霜望月金陵解语香 | 第 五 回 |

| 第六回 | 南大婚介所开张营业<br>金陵十二钗乱配鸳鸯 |  | 一一七 |

| 第七回 | 情中情贾府乱吃大瓜<br>谍中谍小妖勇播新闻 |  | 一五五 |

| 第八回 | 升堂断勇判红楼迷案<br>法槌响巧解千古之谜 |  | 一七七 |

| 第九回 | 迎新年贾府齐开夜宴<br>献才艺红楼欢聚佳朋 |  | 一九五 |

| 第十回 | 雪芹转世倾情献才艺<br>花式红楼贺岁再登场 | | 二一一 |

《红楼梦》回目汇编（艺术化排版）

- 听曲文宝玉悟禅机 制灯谜贾政悲谶语
- 牡丹亭艳曲警芳心
- 西厢记妙词通戏语
- 痴情女情重愈斟情
- 温情人情思游艺
- 情小妹耻情归地府 冷二郎一冷入空门
- 王熙凤正言弹妒意
- 林黛玉俏语谑娇音
- 诉肺腑心迷活宝玉 含耻辱情烈死金钏
- 林如海捐馆扬州城 贾宝玉路谒北静王
- 觉察娇嗔箴宝玉 俏平儿软语救贾琏
- 庆寿辰宁府排家宴 见熙凤贾瑞起淫心
- 大观园试才题对额 荣国府归省庆元宵
- 痴女儿遗帕惹相思
- 贾元春才选凤藻宫 秦鲸卿夭逝黄泉路
- 冷子兴演说荣国府
- 史太君破陈腐旧套
- 王熙凤效戏彩斑衣
- 秦可卿死封龙禁尉 王熙凤协理宁国府
- 训劣子李贵承申饬 嗔顽童茗烟闹书房
- 贾雨村夤缘复旧职 林黛玉抛父进京都
- 甄士隐梦幻识通灵 贾雨村风尘怀闺秀
- 薄命女偏逢薄命郎 葫芦僧乱判葫芦案
- 琉璃世界 脂粉香娃
- 贾宝玉初试云雨情 刘姥姥一进荣国
- 识分定情悟梨香院
- 绣鸳鸯梦兆绛芸轩
- 送宫花贾琏戏熙凤 宴宁府宝玉会秦钟
- 比通灵金莺微露意 探宝钗黛玉半含酸
- 游幻境指迷十二钗 饮仙醪曲演红楼梦
- 王熙凤毒设相思局 贾天祥正照风月鉴
- 贾宝玉奇缘识金锁 薛宝钗巧合认通灵
- 庆寿辰宁府排家宴 见熙凤贾瑞起淫心
- 金寡妇贪利权受辱 张太医论病细穷源
- 林黛玉重建桃花社 史湘云偶填柳絮词
- 王熙凤毒设相思局 贾天祥正照风月鉴
- 变生不测凤姐泼醋 喜出望外平儿理妆
- 因麒麟伏白首双星
- 撕扇子作千金一笑
- 听曲文宝玉悟禅机 制灯谜贾政悲谶语
- 宝钗借扇机带双敲 龄官画蔷痴及局外
- 绣鸳鸯梦兆绛芸轩 识分定情悟梨香院
- 诉肺腑心迷活宝玉 含耻辱情烈死金钏
- 醉金刚轻财尚义侠 痴女儿遗帕惹相思
- 痴情女情重愈斟情 情中情因情感妹妹 错里错以错劝哥哥
- 秋爽斋偶结海棠社 蘅芜苑夜拟菊花题
- 呆香菱情解石榴裙
- 杏子阴假凤泣虚凰 茜纱窗真情揆痴理
- 柳叶渚边嗔莺咤燕 绛云轩里召将飞符
- 诉肺腑心迷活宝玉 含耻辱情烈死金钏
- 呆霸王调情遭苦打 冷郎君惧祸走他乡
- 慕雅女雅集苦吟诗
- 手足眈眈小动唇舌 不肖种种大承笞挞
- 白玉钏亲尝莲叶羹 黄金莺巧结梅花络

# 楔子

学子笑言

雪芹再世梦

真相揭秘

笑中带妙趣

这是一幅以《红楼梦》回目文字密集排列组成的艺术作品,中央有"仙闺灵编"字样的椭圆形图案。可辨识的回目包括:

- 甄士隐梦幻识通灵 贾雨村风尘怀闺秀
- 贾夫人仙逝扬州城 冷子兴演说荣国府
- 贾雨村夤缘复旧职 林黛玉抛父进京都
- 贾宝玉奇缘识金锁 薛宝钗巧合认通灵
- 送宫花贾琏戏熙凤 宴宁府宝玉会秦钟
- 王熙凤毒设相思局 贾天祥正照风月鉴
- 秦鲸卿夭逝黄泉路
- 林如海捐馆扬州城 贾宝玉路谒北静王
- 王熙凤协理宁国府 秦可卿死封龙禁尉
- 贤袭人娇嗔箴宝玉 俏平儿软语救贾琏
- 庆寿辰宁府排家宴 见熙凤贾瑞起淫心
- 贾元春才选凤藻宫
- 西厢记妙词通戏语 牡丹亭艳曲警芳心
- 听曲文宝玉悟禅机 制灯谜贾政悲谶语
- 游幻境指迷十二钗 饮仙醪曲演红楼梦
- 比通灵金莺微露意 探宝钗黛玉半含酸
- 撕扇子作千金一笑 因麒麟伏白首双星
- 诉肺腑心迷活宝玉 含耻辱情烈死金钏
- 滴翠亭杨妃戏彩蝶 埋香冢飞燕泣残红
- 蘅芜苑夜拟菊花题 秋爽斋偶结海棠社
- 醉金刚轻财尚义侠 痴女儿遗帕惹相思
- 变生不测凤姐泼醋 喜出望外平儿理妆
- 宝钗借扇机带双敲 龄官画蔷痴及局外
- 绣鸳鸯梦兆绛芸轩 识分定情悟梨香院
- 情中情因情感妹妹 错里错以错劝哥哥
- 史太君两宴大观园 金鸳鸯三宣牙牌令
- 葫芦僧乱判葫芦案
- 嗔顽童茗烟闹书房 训劣子李贵承申饬
- 情小妹耻情归地府 冷二郎一冷入空门
- 王熙凤正言弹妒意 林黛玉俏语谑娇音
- 判冤决狱平儿行权 投鼠忌器宝玉瞒赃
- 大观园试才题对额 荣国府归省庆元宵
- 手足眈眈小动唇舌 不肖种种大承笞挞
- 林潇湘魁夺《菊花诗》 薛蘅芜讽和《螃蟹咏》
- 薄命女偏逢薄命郎
- 玻璃世界白雪红梅 脂粉香娃割腥啖膻
- 享福人福深还祷福 痴情女情重愈斟情
- 慕雅女雅集苦吟诗
- 柳叶渚嗔莺咤燕 绛云轩里召将飞符
- 葬花吟(《葬花吟》)
- 霸王调遣苦打 冷郎君惧祸走他乡

 momo

## 我是曹雪芹的几个理由

2018年9月x日，有群众举报南京大学有扰民活动，现场一度十分混乱，多人疑似"精神失常"，口中念念有词。曾有目击者称，活动现场的参与者都是南大在读学生，他们竟全部自称曹雪芹转世！人杰地灵的金陵城再度冲上全球热点榜单，曹雪芹的"棺材板"压不住了！到底是精神病院没锁好大门还是学生们被人蛊惑？这究竟是人性的缺失还是道德的沦丧？到底是百家争鸣还是群魔乱舞？究竟是鸡同鸭讲还是据理力争？我们的栏目组已经派出前线记者到现场考察，现在就请您与我们一起直击一线，一探究竟——

627　580　825

 momo

## 姓名篇

### @ 留侯玉客

玉是宝黛两位主角名字中共有的字,也指通灵宝玉。此外,贾府中宝玉一代皆为玉字辈,除了宝黛外,妙玉、红玉、玉钏名字中都有玉字。可见,"玉"字在全书中的地位极高。

### @Tipo 唐

曹公祖上显赫的便是曹寅,为了暗示别人,选取一个祖上"某"寅是名人的姓,想来只有"唐寅"符合条件,便取唐姓作姓了。

### @ 糟糕敬言

敬言合为警,即警幻仙姑,司掌太虚幻境与人间情情爱爱,处处引导宝玉警醒识破情欲声色,寻得大解脱,实则是作者本人在作品中的化身。

### @ 芮-Kalaxian

"芹"与"芮"都是草字头,笔画都是7画。"芹"是寻常菜蔬,又有微薄之意;"芮"形容草初生的样子,又有柔弱之意。

369　492　784

## 地理篇

@ 晴天、雨桥

本人家在西安,"长安"是古代文学意象中最正宗的国都形象,贾府在首都,我在长安🐷🐷🐷。

@steins

曹雪芹祖父曹寅担任过江宁织造一职,又数次掌管两淮盐政,我出生于淮安,求学于南京,与曹寅的仕宦生涯有相符之处。

@ 比格·诺·斯伯特

我是江西人,贾政在江西用人不当,受到牵连,贾赦也因此被革职,加速了贾家的衰落。

@ 冯否

曹姓氏族曾在清朝大量迁入四川,重庆在 1997 年直辖前隶属于四川省,我刚好是重庆人。👍👍

 momo

**生辰篇**

@ 茶花

我出生于农历的腊月十二,即"双十二",《红楼梦》与十二这个数字联系紧密,有十二女伶、十二金钗。有云,金陵十二钗后,有副册、又副册,统共十一副册,共十二乘十二个女孩子,与鄙人出生日月高度吻合。

@ 绮萱

曹雪芹去世的日期与我生日相同,祖籍也相同。

@ 别有根芽

生于戊寅年与己卯年之交,庚辰本有"虎兔相逢大梦归"之意。

@ 拂袖

我生于农历二月十二,与林黛玉生辰相同。

momo

**乱七八糟篇**

@Ann

高中三年于红楼读红楼数遍,做红楼相关习题甚多,毕业后以求学为名到金陵探寻十二钗遗迹。

@ 小衬衣

曹雪芹画像很瘦,主人公林黛玉也很瘦,我也很瘦,更加能说明我是曹雪芹的转世。

@ 李龟年

我是贾宝玉转世,读书不加钻研,只读流荡、游戏、悲感,能动性动情,供一时之兴趣。不服孔孟,偏爱老庄。等到写论文、考试前一夜之工紧急温习(预习),平时一头扎在姐妹堆里(变为女身吃胭脂也更方便了)。总之,莫效此儿形状啊。

♡445  ☆629  ··573   七

 momo

　　鲁迅先生曾经"说"过：不想当《红楼梦》作者的人不是好人。
　　近年来，"民间红学"研究员掀起一阵探讨《红楼梦》作者究竟是谁的热潮，合理推测者有之，大放厥词者亦不绝。兹证明，该班级 50 多名学生皆为民间红学研究后备人员，此次活动纯粹是一场合情合理的学术讨论。据悉，有关部门对此高度重视，已准备成立"南京大学《红楼梦》学院"，聘用该班全体学生进行全国巡回学术演讲，这是人类的一小步，却是文学史研究的一大步，实乃国家之大幸！

 结合你的名字写一写吧！

关注

我是曹雪芹的几个理由

666

延伸阅读本回《红楼梦》

## 主编有话说

闹过笑过之后，进入正题。这是我所教《红楼梦》研究课程的第一个小作业，题目是：请结合本人姓名，论证《红楼梦》是自己所写。

布置这个作业是为了增强同学们对学术问题的辨别判断能力，现在红学热得发紫发烧，特别是作者问题，不断提出候选人，目前已有一百多，没有接触过红学的人很容易晕头转向。与其纸上谈兵去批驳，不如让同学们亲自下水，也按照那些人常用的简单比附，外加谐音、拆字、"胡乱联系"的路数演练一遍，论证《红楼梦》是自己所写。

于是同学们脑洞大开，怪招百出，奇思妙想，让人眼花缭乱，把那些"民间红学"研究员甩出八条大街去。完成作业之后，让他们再去看市面上那些《红楼梦》作者不是曹雪芹只能是某某某的玩意儿，会觉得都是自己玩剩下来的小儿科，对究竟该如何做学问心里就有了数。

让人欣喜的是，已经有同学活学活用，用这个招数论证《红楼梦》是自己朋友所写，结果获得打赏二十元，真是一个意外收获。将来毕业找不到工作时，可以让他们开展有偿论证服务，只要你愿意出钱，就可以论证《红楼梦》是你写的，而且优惠酬宾，买一送一，免费再送你一个《三国演义》《水浒传》或《西游记》《金瓶梅》的著作权，各大名著随便挑，如假包换。嘿嘿，列位看官，不管是笑死还是气死，俺可是不偿命滴，自求多福吧。

听曲文宝玉悟禅机
制灯谜贾政悲谶语

西厢记妙词通戏语
牡丹亭艳曲警芳心

滴翠亭杨妃戏彩蝶
埋香冢飞燕泣残红

林如海捐馆扬州城
贾宝玉路谒北静王

贤袭人娇嗔箴宝玉
俏平儿软语救贾琏

庆寿辰宁府排家宴
见熙凤贾瑞起淫心

贾元春才选凤藻宫
秦鲸卿夭逝黄泉路

秦可卿死封龙禁尉
王熙凤协理宁国府

贾雨村夤缘复旧职
林黛玉抛父进京都

甄士隐梦幻识通灵
贾雨村风尘怀闺秀

大观园试才题对额
荣国府归省庆元宵

贾夫人仙逝扬州城
冷子兴演说荣国府

训劣子李贵承申饬
嗔顽童茗烟闹书房

醉金刚轻财尚义侠
痴女儿遗帕惹相思

林潇湘魁夺《菊花诗》
薛蘅芜讽和《螃蟹咏》

薄命女偏逢薄命郎
葫芦僧乱判葫芦案

贾宝玉初试云雨情
刘姥姥一进荣国府

识分定情悟梨香院
绣鸳鸯梦兆绛芸轩

比通灵金莺微露意
探宝钗黛玉半含酸

送宫花贾琏戏熙凤
宴宁府宝玉会秦钟

游幻境指迷十二钗
饮仙醪曲演红楼梦

白玉钏亲尝莲叶羹
黄金莺巧结梅花络

王熙凤毒设相思局
贾天祥正照风月鉴

贾宝玉奇缘识金锁
薛宝钗巧合认通灵

庆寿辰宁府排家宴
见熙凤贾瑞起淫心

蒋玉菡情赠茜香罗
薛宝钗羞笼红麝串

变生不测凤姐泼醋
喜出望外平儿理妆

因麒麟伏白首双星

撕扇子作千金一笑

听曲文宝玉悟禅机
制灯谜贾政悲谶语

秋爽斋偶结海棠社
蘅芜苑夜拟菊花题

金寡妇贪利权受辱
张太医论病细穷源

宝钗借扇机带双敌
龄官画蔷痴及局外

绣鸳鸯梦兆绛芸轩
识分定情悟梨香院

送宫花贾琏戏熙凤
赴家宴宝玉会秦钟

诉肺腑心迷活宝玉
含耻辱情烈死金钏

呆霸王调情遭苦打
冷郎君惧祸走他乡

手足眈眈小动唇舌
不肖种种大承笞挞

白玉钏亲尝莲叶羹
黄金莺巧结梅花络

# 第一回

> 活宝玉挂彩

> 忙回微信

> 痴黛玉葬花

> 急发票圈

弄小巧用借剑杀人 觉大限吞生金自逝
西厢记妙词通戏语
牡丹亭艳曲警芳心
滥情人情误思游艺
慕雅女雅集苦吟诗
情小妹耻情归地府 冷二郎一冷入空门
王熙凤正言弹…
林黛玉俏语谑娇…
诉肺腑心迷活宝玉
含耻辱情烈死金钏
贤袭人娇嗔箴宝玉
俏平儿软语救贾琏
林如海捐馆扬州城
贾宝玉路谒北静王
庆寿辰宁府排家宴
见熙凤贾瑞起淫心
蘅芜君兰言解疑癖
潇湘子雅谑补余香
王熙凤恃强羞说病 来旺妇倚势霸成亲
贾元春才选凤藻宫
秦鲸卿夭逝黄泉路
秦可卿死封龙禁尉
王熙凤协理宁国府
甄士隐梦幻识通灵
贾雨村风尘怀闺秀
贾雨村夤缘复旧职
林黛玉抛父进京都

听曲文宝玉悟禅机
制灯谜贾政悲谶语
魇魔法叔嫂逢五鬼
通灵玉蒙蔽遇双真
滴翠亭宝钗戏彩蝶
埋香冢黛玉泣残红
贾夫人仙逝扬州城
冷子兴演说荣国府
训劣子李贵承申饬
嗔顽童茗烟闹书房
大观园试才题对额
荣国府归省庆元宵
痴女儿遗帕惹相思
醉金刚轻财尚义侠

蜂腰桥设言传心事
潇湘馆春困发幽情
识分定情悟梨香院
绣鸳鸯梦兆绛芸轩
比通灵金莺微露意
送宫花贾琏戏熙凤
探宝钗黛玉半含酸
宴宁府宝玉会秦钟

林潇湘魁夺《菊花诗》
薛蘅芜讽和《螃蟹咏》
薄命女偏逢薄命郎
葫芦僧乱判葫芦案
琉璃世界…
脂粉香娃…
贾宝玉初试云雨情
刘姥姥一进荣国…
白玉钏亲尝莲叶羹
黄金莺巧结梅花络
王熙凤毒设相思局
贾天祥正照风月鉴
游幻境指迷十二钗
饮仙醪曲演红楼梦
贾宝玉奇缘识金锁
薛宝钗巧合认通灵
庆寿辰宁府排家宴
见熙凤贾瑞起淫心
金寡妇贪利权受辱
张太医论病细穷源
林黛玉重建桃花社 史湘云偶填柳絮词
王熙凤毒设相思局
贾天祥正照风月鉴
宝钗借扇机带双敲
龄官画蔷痴及局外
绣鸳鸯梦兆绛芸轩
识分定情悟梨香院
憨湘云醉眠芍药裀
呆香菱情解石榴裙
享福人福深…
痴情女情重愈斟…

蒋玉菡情赠茜香罗
薛宝钗羞笼红麝串
变生不测凤姐泼醋
喜出望外平儿理妆
因麒麟伏白首双星
撕扇子作千金一笑
秋爽斋偶结海棠社
蘅芜苑夜拟菊花题
杏子阴假凤泣虚凰
茜纱窗真情揆痴理
呆霸王调情遭苦打
冷郎君惧祸走他乡
尴尬人难免尴尬事
鸳鸯女誓绝鸳鸯偶
柳叶渚边嗔莺咤燕
绛云轩里召将飞符
诉肺腑心迷活宝玉
含耻辱情烈死金钏
手足耽耽小动唇舌
不肖种种大承笞挞
白玉钏亲尝莲叶羹
黄金莺巧结梅花…
情中情因情感妹妹
错里错以错劝哥哥

上回书说到，南京大学资深破落户苗怀明勾结贾雨村办了一个红楼婚姻介绍所，忽悠一帮从精神病院组团跑出来的"脑残"学生。他们自称曹雪芹，请宝玉、黛玉等人吃饭，摆宴席，近日为了推广婚姻介绍所，竟然还发起了"红楼梦中人"锦鲤活动，中奖者每人一部手机。

土豪学生们个个都是金主，那苹果手机，不知送出去多少，银子花得如流水一般。

贾府上至主子小姐，下到奴才丫头，中奖的"锦鲤"们天天捧着手机聊天，发朋友圈。

这不，宫里头元妃娘娘不担心想家了，没事儿就给王夫人、贾母发条语音，宝玉不愁晚上睡不着觉了，睡前和颦儿先视频聊天半个时辰；就连婆子们也不担心打牌被抓了，点击微信小程序欢乐斗地主，远程也能打牌。

这天晚上，黛玉因吃了闭门羹，也不顾苍苔露冷，花径风寒，独立花荫下悲泣起来。次日手把花锄来葬花，黛玉先发了个朋友圈。这秉绝代姿容，具稀世俊美的林黛玉，朋友圈会是什么样子呢？让我们来看看各种版本吧！

< 发现　　　　朋友圈

黛玉

 黛玉

花谢花飞花满天，红消香断有谁怜……

37 分钟前　　　　　　　　　　　　　　

♡ 宝玉，紫鹃，薛宝钗，史湘云，李纨，袭人，妙玉

< 发现　　　　　朋友圈　　　　　

宝玉：妹妹！我方才看见各色落花一地，以为是你心里生了气，也不收拾这花儿来了，我还兜了要去葬呢……
宝玉：好妹妹，你可知我恸倒在山坡上了！
宝玉：好妹妹，竟是何故作这般悲戚！你若真生气再也不理我了，我也没甚意思了……
黛玉回复宝玉：想想我俩上次一起葬花，还是那回一同读书的时候，唉……哼！
宝玉回复黛玉：好妹妹你终于肯回我！这便好！我这就去找你！
紫鹃：姑娘，外面风大，我给你送披风了，你在哪儿呢？也不回我私信。
薛姨妈：我的儿，可需要你宝姐姐去陪你聊聊天啊~
薛宝钗：抱抱。
凤姐：写这些诗我也看不懂，但咋感觉不是什么喜庆的意思？天快冷了，缺什么派紫鹃来跟我说！
凤姐回复宝玉：哎哟哟！
宝钗：回来了吗？我给你送些燕窝，补补身子。
薛蟠回复薛宝钗：别忘了说燕窝是我打南边带回来的，那可是上好的！林妹妹要是喜欢，我们家还有不少好东西呢！倒是来我家玩玩呀！我们全家都喜欢你。嘿嘿嘿嘿！
薛宝钗回复薛蟠：……
晴雯：姑娘，昨日那事怪我，我私聊你说……
探春回复宝玉：？？？你俩这是闹别扭还是秀恩爱？
史湘云回复探春：冷冷的狗粮在脸上胡乱地拍！
紫鹃回复宝玉：二爷，您要是有空不如把自己朋友圈里那些乱七八糟的合照删删……

一五

# 朋友圈

潇湘

潇湘

侬今葬花人笑痴,他年葬侬知是谁?
焉知这一生,不是落得个桃花逐流水。

荣国府
37 分钟前　　删除

♡ 狠心短命的,惜春,探春,袭人,宝姐姐

# 发现 朋友圈

狠心短命的：妹妹的照片，即使是黑白的也这么好看！

狠心短命的：妹妹且放心，哪天你死了，我做和尚去！

宝姐姐：颦儿定是又春来多思了，还是要以保养身心为重。

云丫头：林姐姐这心病得治，怕是还缺个林姐夫。

薛姨妈：我的儿，你别多想，哪天再来姨妈这儿喝碗酸笋鸡皮汤！

凤姐姐：颦丫头可是又和宝玉置气了？男人都是酱猪肘子，不值当！

袭人：林姑娘可别说这种伤心话，宝二爷听了不知又要怎么发痴呢！

云丫头回复狠心短命的：你又在这儿胡说八道了！

惜春：桃花逐流水未必不好，落得清净。

香菱：姑娘这句诗作的真好，只是过于悲情了些。

李纨：妹妹此话伤感，勾得我这未亡人也忒难过了。

狠心短命的回复袭人：我何曾发痴？这都是我的真心话！

"你也给潇湘的朋友圈留个言"

一七

**く 发现　　　朋友圈**

黛玉

 99 条新消息 ＞

 黛玉

质本洁来还洁去，强于污淖陷渠沟。

1 分钟前　　删除

♡ 宝玉，宝钗，湘云，袭人，晴雯，老祖宗，舅舅，舅妈，凤姐，探春，香菱，妙玉

# 发现　　　　朋友圈

宝玉：好妹妹，风大多加件衣裳！
宝玉：妹妹又伤感了……唉！
宝钗：妹妹好雅兴。
香菱：看来又有好诗啦！！！
湘云：林姐姐，带带我！！
薛蟠：妹妹发的诗，大哥我总看不懂啊？
贾琏回复薛蟠：+1。
凤姐回复薛蟠：+2。
老祖宗：我的宝贝哟。
贾雨村：长江后浪推前浪。
妙玉：太悲了些。
刘姥姥：姑娘真真是文化人呐！
紫鹃：姑娘，外头风大，快回来吧。
元春：@ 宝玉，瞧瞧人家！
贾珍回复薛蟠：+3。
贾蓉回复薛蟠：+4。

< 发现　　　　朋友圈

潇湘非妃子

潇湘非妃子

花谢花飞花满天，红消香断有谁怜？
天尽头，何处有香丘？

某小山坡

17 小时前　　删除

♡ 凤丫头，宝姐姐，妙玉，我是北静王，薛大傻子，惜春

# 发现　　　　朋友圈

薛大傻子：有你蟠哥哥怜你！
薛大傻子：天尽头，我怀里是香丘！
宝姐姐**回复**薛大傻子：哥哥你闹什么，快跟我回去。
做了两次和尚了：林妹妹，好妹妹，我错了！
做了两次和尚了：我只说一句话，你理我一理。
潇湘非妃子**回复**做了两次和尚了：请说来。
做了两次和尚了：两句话，你听不听？
我是北静王：素闻贾府林姑娘诗才，今日一见果然名不虚传。
潇湘非妃子：楼上是哪个臭男人？
我是北静王：人如其ID，宝玉今天将你的微信推给我了。
潇湘非妃子**回复**做了两次和尚了：你！你这个狠心短命的！
做了两次和尚了：林妹妹！林妹妹！我错了，我再也不敢了！

"你也给潇湘非妃子留个言"

再说这日，贾政大发雷霆，将宝玉痛打了一顿，贾府内上上下下乱成一团。躺在床上的宝玉也不知道安分，又发了一条朋友圈。活宝宝玉的朋友圈版本不一，来看看大家怎么传的。

你个畜生，我打死你

大事件 宝玉挨打！！

< 发现　　　　朋友圈　　　　

宝玉

宝玉

昨天被老爷一顿好打……我的雪花白屁股！

一天前　删除

♡ 晴雯，黛玉，探春，惜春
宝钗：昨天送去的药敷了吗？等会儿再给你送去。
宝玉回复宝钗：敷了，多谢宝姐姐。
黛玉：疼就疼吧，还心疼自己的屁股干啥。
晴雯：前一秒钟还在喊疼喊得嗷嗷叫的，现在倒有力气发朋友圈了！
惜春：二哥，保重身体啊！
宝玉回复黛玉：妹妹我才不疼呢！一点都不疼，你别担心了。
袭人：劝过你多少回了，这回吃了苦头了，可要收敛点了。
宝玉回复晴雯：你在旁边给我敷药，就再也不疼了。
宝玉回复袭人：我下次一定听你的！

< 发现　　　朋友圈

潇湘妃子

宝玉

莫名其妙挨了父亲一顿胖揍。宝宝心里苦，宝宝不说！

怡红院
16小时前

♡ 史湘云

## 发现　　　　朋友圈

史湘云：宝哥哥，你这张照片拍得好像假笑男孩啊！笑死我了，哈哈哈哈哈哈哈哈哈！
史湘云：第二张照片。
薛蟠：谁让你不带宝宝一起玩，哼！
王夫人：我滴儿，你这什么表情包被你老子看了非再打一顿，剥了你的皮。
袭人：我的祖宗，快删了第三张图！
茗烟：我的好二爷，快删了第三张！（私聊你也不回我，急死人了）
紫鹃：二爷，快删了第三张图，仔细又挨打了叫我家姑娘伤心。
黛玉：你从此可都改了吧。
贾母：我滴心肝儿，好好养伤，网上那些歪门邪道的不是我们这种人家该学的。
宝钗：我的药可有些用？不够了再来拿。
秦钟的鬼魂：如今我不在你身边了，宝二爷可得保重些。
贾环：@贾政，父亲你快来看看，宝哥哥又说些不成器的话了。

〈 发现　　　朋友圈　　　

今天林妹妹对我笑了吗

今天林妹妹对我笑了吗

我贾宝玉就是饿死，到大街上要饭，也不会再叫贾政一声爹！

16 小时前　　删除

♡ 惜春，贾琏，凤姐，紫鹃，焦大

惜春：真香警告！
母亲大人：我的儿！你可好好养着伤，莫要再说大逆不道的话了！
今天林妹妹对我笑了吗回复惜春：能不能给我留点面子？
我只有一个好妹妹：你可记得屏蔽舅舅？
今天林妹妹对我笑了吗回复我只有一个好妹妹：嘤嘤嘤，记得了，再打就真的见不到你了！

< 发现　　　　朋友圈　　　　

蒋玉菡：小弟惭愧！
今天林妹妹对我笑了吗回复蒋玉菡：应该的！一声兄弟大过天！
贾环：好好养伤。
今天林妹妹对我笑了吗回复贾环：我怎么还没拉黑你？
宝姐姐：我让莺儿把补药送过去了，可得记得按时服用。
今天林妹妹对我笑了吗回复宝姐姐：还是宝姐姐疼人。
袭人：你不好好躺着发什么朋友圈，给我趴着！
今天林妹妹对我笑了吗回复袭人：呜呜呜，袭人给我拿杯茶，好渴哦！
湘云妹妹：我承认我笑出了声。
老祖宗：我的心肝儿，可早些歇着，别再伤神了！
秋纹：你再不放下手机我就截图给老爷看！
林妹妹对我笑了吗回复秋纹：睡了睡了！

< 发现　　　朋友圈　　　

林黛玉

贾宝玉

今日被老父亲痛打了一顿,浑身疼,若这时候有酸梅汤喝还能缓解缓解。

3 小时前

宝钗:别贪馋,存了热毒可不是开玩笑,好生静养。
袭人:忍一忍啊,夫人给了木樨和玫瑰清露,我这就赶回去呢。
贾政:知道疼就好,以后长点记性。
贾母回复贾政:长记性!你就下死手打我孙孙?
黛玉:唉……
小红:哎呀,担心,我马上来给二爷换药药。
秋纹回复小红:哼,你可等着这个巧宗呢。你也不拿镜子照照,配换药不配!

< 发现　　　　　朋友圈　　　　　

湘云：不要总踩你爹的雷区啊！！
王夫人：平日里不上进，怨不得你爹管教你。唉，只是这下手太狠了些。
元春：知道爹的脾气还不收敛点。
晴雯回复秋纹：把她可兴的这样！花儿也不浇，雀儿也不喂，茶炉子也不生火，原来是攀高枝儿去！
王熙凤：宝兄弟你要什么药膏子、吃的喝的尽管打发丫头跟我取！好生歇着，明日我再来看你。
北静王：睡一觉会好些。

"你也给宝玉的朋友圈留个言"

< 发现　　　朋友圈　　　

宝玉

宝玉

疼，老爷这次下手太狠了。估计三天都下不了床。

怡红院

16 小时前　　删除

♡ 赵姨娘，贾环

# ‹ 发现　　　　朋友圈

黛玉：不好好疗伤，发什么朋友圈？乖乖躺床上吧，我等人走了再来。

薛姨妈：我的儿，你爸下手是狠了些，你要好好保重身体啊！我让宝钗送了丸药来，记得敷上。

宝玉回复黛玉：妹妹不必担心我，近日天气渐暖，记得减衣。

宝钗：宝兄弟，好生静养，别再惹老爷生气了。

贾母：我是造了什么孽啊！好好的宝玉被打成这样。你要有半点闪失，我也活不成了啊！

蒋玉菡：听闻宝兄为我一事遭毒打，在下深感愧疚！望宝兄早日康复，日后有机会必当面致歉。

宝玉回复蒋玉菡：无关你事。如有缘相遇，再叙旧情。

湘云：二哥哥怎么又挨打了，好好疗伤啊！

王夫人：你爸打你是不应该，可你自己干了些什么事儿？

薛蟠：宝兄弟，干什么好事儿被发现了，下次带我？

"你也给宝玉的朋友圈留个言"

< 发现　　　朋友圈　　　

绛洞花主

绛洞花主
好久没挨过这么酣畅淋漓的打了！
16 小时前　删除

♡ 赵姨娘，贾环，玉钏儿
爹：还想再来一次？
林妹妹：我两个眼睛都成肿桃儿了，你该如何赔我？
凤姐回复林妹妹：怪不得避我像避猫鼠儿似的呢！
母亲回复凤姐：他如今见了他爹才真是像避猫鼠儿呢！
母亲：还胡说！再有下次，谁也救不下你！
宝姐姐：涂了药可好些了？今儿个晚了，明天我再去看你。
薛蟠：哼，谁让你和那琪官走的这么近都不带我，该！
宝姐姐回复薛蟠：哥哥，你也想挨打了是不是？
薛蟠回复宝姐姐：还好咱爹早就没了，你吓我也没用！

< 发现　　　　　朋友圈　　　　　

袭人：你早早地听了我的那些劝，也不至于挨这些打，唉……
北静王：怎么又挨打了？ @贾政，世翁家教严格，只是光打也是不成事的。
爹回复北静王：劳王爷挂念了，只是小儿顽劣，不罚焉能成器。
琪官：都是我的不是！

"你也给绛洞花主的朋友圈留个言"

据道听途说的内部绝对可靠八卦消息:下一次的《红楼梦》研究课程作业将会更变态,更刺激。

刚才从苗大王办公室门口悄悄溜过,发现其人口吐白沫,两眼上翻,同时念念有词:悬疑、惊悚、武侠、爱情、搞笑……赶紧闪!这是本人发自前线的第一手刚出炉的滚烫消息,一般人我不告诉他。敬请期待……

假如你是林黛玉/贾宝玉,你会怎么发朋友圈?

林黛玉

贾宝玉

延伸阅读本回《红楼梦》

## 主编有话说

认认真真读书，一本正经搞笑，这是我任教的《红楼梦》研究课程的一贯风格。上面是同学们完成的课程小作业，具体要求如下：

黛玉葬花和宝玉挨打是《红楼梦》里有名的段落，这两件事当事人本人怎么看？别人怎么看？涉及对全书思想及人物的理解。请你帮林黛玉和贾宝玉各发一个朋友圈，并分别代他们朋友圈里的十个人回复。也就是说每位同学设计两个朋友圈，一个是黛玉葬花，一个是宝玉挨打。注意：《红楼梦》里的人物都在他们朋友圈的范围之内。要求所有选课的同学都做。

希望同学们如何去做，想达到什么目的，都已说得很清楚，他们也都领会了，从上述作业可以看出来。《红楼梦》是开放的，它产生于清代，同样面向当下。通过这个作业，也许可以找到一种从当下境况解读《红楼梦》的方式，连接古今，也可以使阅读增加几分现实感，对《红楼梦》有更感性的体会。

这是一张《红楼梦》回目艺术排版图，文字密集且相互叠加，以下为可辨识的回目文字（按大致位置排列）：

- 小巧用借剑杀人 觉大限吞生金自逝
- 西厢记妙词通戏语
- 滴情人情误思游艺 慕雅女雅集苦吟诗
- 情小妹耻情归地府 冷二郎一冷入空门
- 听曲文宝玉悟禅机 制灯谜贾政悲谶语
- 牡丹亭艳曲警芳心
- 王熙凤正气弹妒 林黛玉俏语谑娇音
- судаль思鲜宝玉痛 欺幼主刁奴蓄险
- 诉肺腑心迷活宝玉 含耻辱情烈死金钏
- 贤袭人娇嗔箴宝玉 俏平儿软语救贾琏
- 林如海捐馆扬州城 贾宝玉路谒北静王
- 庆寿辰宁府排家宴 见熙凤贾瑞起淫心
- 大观园试才题对额 荣国府归省庆元宵
- 贾元春才选凤藻宫
- 贾夫人仙逝扬州城 冷子兴演说荣国府
- 秦鲸卿夭逝黄泉路
- 秦可卿死封龙禁尉 王熙凤协理宁国府
- 训劣子李贵承申饬 嗔顽童茗烟闹书房
- 贾雨村夤缘复旧职 林黛玉抛父进京都
- 甄士隐梦幻识通灵 贾雨村风尘怀闺秀
- 林潇湘魁夺菊花诗 薛蘅芜讽和螃蟹咏
- 滴翠亭宝玉戏彩蝶 埋香冢飞燕泣残红
- 薄命女偏逢薄命郎 葫芦僧乱判葫芦案
- 贾宝玉初试云雨情 刘姥姥一进荣国府
- 史太君两宴大观园
- 绣鸳鸯梦兆绛芸轩 识分定情悟梨香院
- 送宫花贾琏戏熙凤 饮仙醪曲演红楼梦
- 白玉钏亲尝莲叶羹 黄金莺巧结梅花络
- 王熙凤毒设相思局 贾天祥正照风月鉴
- 醉金刚轻财尚义侠 痴女儿遗帕惹相思
- 玉菡情赠茜香罗 薛宝钗羞笼红麝串
- 贾宝玉奇缘识金锁 薛宝钗巧合认通灵
- 庆寿辰宁府排家宴 见熙凤贾瑞起淫心
- 宴宁府宝玉会秦钟
- 金寡妇贪利权受辱 张太医论病细穷源
- 林黛玉俏语谑娇音 史湘云偶填柳絮词
- 王熙凤毒设相思局 贾天祥正照风月鉴
- 撕扇子作千金一笑 因麒麟伏白首双星
- 听曲文宝玉悟禅机 制灯谜贾政悲谶语
- 宝钗借扇机带双敲 龄官画蔷痴及局外
- 绣鸳鸯梦兆绛芸轩 识分定情悟梨香院
- 秋爽斋偶结海棠社 蘅芜苑夜拟菊花题
- 慰痴人难免絮絮语 鸳鸯女难免絮絮语
- 赴家宴宝玉会秦钟
- 憨湘云醉眠芍药裀 呆香菱情解石榴裙
- 享福人福深遭重 痴情女情重愈斟情
- 诉肺腑心迷活宝玉 含耻辱情烈死金钏
- 情中情因情感妹妹 错里错以错劝哥哥
- 子阴假凤泣虚凰 茜纱窗真情揆痴理
- 柳叶渚嗔莺咤燕 绛云轩里召将飞符
- 闲取乐偶攒金庆寿 不了情暂撮土为香
- 霸王调遣苦打 冷郎君惧祸走他乡
- 手足眈眈小动唇舌 不肖种种大承笞挞
- 白玉钏亲尝莲叶羹 黄金莺巧结梅花络

# 第二四

## 大观园盛宴绛呈华彩
## 红楼梦佳肴慈众馋涎

红楼梦回目（部分）：

- 贾小巧用借剑杀人 觉大限吞生金自逝
- 听曲文宝玉悟禅机 制灯谜贾政悲谶语
- 牡丹亭艳曲警芳心
- 西厢记妙词通戏语
- 滥情人情误思游艺 鳏雅女雅集苦吟诗
- 怡红院
- 《西厢记》妙词通戏语 《牡丹亭》艳曲警芳心
- 贾小林黛情归地府 冷二郎一冷入空门
- 王熙凤正言弹 林黛玉俏语谑娇
- 诉肺腑心迷活宝玉 含耻辱情烈死金钏
- 投鼠忌器宝玉瞒赃 判冤决狱平儿行权
- 寻宗祀惑爱告欺幼主习权势
- 林如海捐馆扬州城 贾宝玉路谒北静王
- 贤袭人娇嗔箴宝玉 俏平儿软语救贾琏
- 大观园试才题对额 荣国府归省庆元宵
- 痴女儿遗帕惹相思
- 史大君两宴大观园 金鸳鸯三宣牙牌令
- 庆寿辰宁府排家宴 见熙凤贾瑞起淫心
- 贾元春才选凤藻宫 秦鲸卿夭逝黄泉路
- 秦可卿死封龙禁尉 王熙凤协理宁国府
- 贾夫人仙逝扬州城 冷子兴演说荣国府
- 训劣子李贵承申饬 嗔顽童茗烟闹书房
- 贾雨村夤缘复旧职 林黛玉抛父进京都
- 甄士隐梦幻识通灵 贾雨村风尘怀闺秀
- 菂药女侑逢薄命郎 葫芦僧乱判葫芦案
- 琉璃世界 脂粉香娃
- 贾宝玉初试云雨情 刘姥姥一进荣国府
- 识分定情悟梨香院 绣鸳鸯梦兆绛云轩
- 送宫花贾琏戏熙凤 宴宁府宝玉会秦钟
- 白玉钏亲尝莲叶羹 黄金莺巧结梅花络
- 王熙凤毒设相思局 贾天祥正照风月鉴
- 醉金刚轻财尚义侠 痴女儿遗帕惹相思
- 贾宝玉奇缘识金锁 薛宝钗巧合认通灵
- 庆寿辰宁府排家宴 见熙凤贾瑞起淫心
- 送宫花贾琏戏熙凤 宴宁府宝玉会秦钟
- 撕扇子作千金一笑 因麒麟伏白首双星
- 听曲文宝玉悟禅机 制灯谜贾政悲谶语
- 宝玉借扇机带双敲 龄官画蔷痴及局外
- 绣鸳鸯梦兆绛云轩 识分定情悟梨香院
- 享福人福深 痴情女情重愈斟情
- 杏子阴假凤泣虚凰 茜纱窗真情揆痴理
- 诉肺腑心迷活宝玉 含耻辱情烈死金钏
- 错里错以错劝哥哥
- 呆霸王调情遭苦打 冷郎君惧祸走他乡
- 秋爽斋偶结海棠社 蘅芜苑夜拟菊花题
- 白玉钏亲尝莲叶羹 黄金莺巧结梅花络

# 大观园消息通（287）

 这两天小姐和奶奶们都去哪儿了呀？大观园里怎么冷冷清清的，连厨子们都不上心了！

你还不知道啊，最近有一大伙人在南京九乡河比赛请吃饭，大家伙都跑出去蹭吃蹭喝喽！

 到底是谁啊这么阔绰，竟比得上我们贾府（轻蔑）！

你看你，消息真够不灵通，就是前一阵子闹得沸沸扬扬的……就是蓝鲸大学，啊不，南京大学啊……你咋还不知道呀？就是上次跑出来五十多个"精神失常、自称曹雪芹转世"的那地儿！

 晓得了，晓得了，是不是精神病院长没锁好门，他们又跑出来了？！

谁知道呢，这回也不知道他们是彩票中奖了还是炒房大赚了，真够稀奇的，请客的饭菜那叫一个……（流口水）美味啊！

 那还等啥，咱也快去瞧瞧啊，晚了连汤都喝不到了！

**大观园酒肆（总店）**
 5.0
¥520/人
贾府大街　金陵菜

大家点评

## 大观园酒肆(总店) 👑

★★★★★ **5.0** 详情> 64658条 ¥520/人

口味:5.0 环境:5.0 服务:5.0

**点评榜单** 金陵美食热门榜·第1名> 　近30天666人打卡

营业中　11:00-14:00,16:30-21:00

金陵市红楼区贾府大街1号太虚幻境数字化体验中心　　

✅ 订座　　　　　　8576人已订　🍽宴会　　　查看宴会信息

---

优惠　菜品　评价　笔记

**推荐菜** 　　　　　　　　　　　　　　　　　　　　查看全部>
**网友推荐菜**

油盐炒枸杞芽儿 👍 16　　笼蒸螃蟹 👍 15　　鸡髓笋 👍 12
酒酿清蒸鸭子 👍 11　　胭脂鹅脯 👍 11　　内造瓜仁油松瓤月饼 👍 11
烤鹿肉 👍 10　　　　　茄鲞 👍 10　　　　豆腐皮包子 👍 10
糟鹅掌鸭信 👍 10

< 🔍 搜索评价内容

口味赞品相佳　　　服务态度友好　　　性价比高上菜速度快

店内环境整洁卫生良好　　　老牌餐厅游客众多

 Tipo  vip5
14 小时前

 超预期　★★★★★

　　这次请林妹妹一个人吃饭,她饭量小且精细养生,没点太多菜,反正她也吃不了多少。而我自己光是见了林黛玉这般人物,怕是也没有吃饭的心思了。

🍽 酸笋鸡皮汤（80 元）
　　林黛玉平时胃口不是很好,先喝个开胃的酸笋鸡皮汤。

🍽 鸭肉粥 （80 元）
　　主食的鸭肉粥很好消化,鸭肉滋阴补气,再加点姜丝驱除体内寒气,再适合林妹妹不过。

🍽 茄鲞 （200 元）
　　黛玉不宜多吃荤,前面又是鸡肉又是鸭肉,林妹妹怕是有点腻了,茄鲞有肉滋味而不荤腥,比较合适。

🍽 油盐炒枸杞芽儿 （120 元）
　　油盐炒枸杞芽儿,枸杞芽菜补益气血、健身明目。

🍽 桂花糖蒸新栗粉糕 （40 元）
　　饭后点心是桂花糖蒸新栗粉糕,既宜时可口又清淡不油腻。
　　**共计：** 520 元。

< 🔍 搜索评价内容

金陵特色美食　　　服务态度友好　　　性价比高上菜速度快

店内环境整洁卫生良好　　　老牌餐厅游客众多

具有良好的口味与口感　　　菜品种类丰富

 小衬衣　vip3
一周前

😊 超预期

　　请了宝玉和他的丫鬟小厮们吃饭，因为宝二爷是男人，而且又比较娇贵。尽管宝玉待底下姑娘们很好，但是伺候宝二爷也一定不是一件容易的事情。

　　客人有宝玉、茗烟、袭人、晴雯、麝月、秋纹、碧痕、茜雪、芳官、四儿。人数比较多，我提前打电话预订了一个超大的 10 人包厢，这里必须表扬一下大观园酒肆的服务特别好，值得 5 颗星！

🍽 牛乳蒸羊羔 （2000 元）

　　将处理好的羊胎置火上，放入开水，将羊胎浸烫至羊胎皮绷起时，再用冷开水洗净，沥干水分后用盐、Mao 台酒、胡椒粉将羊胎里外擦匀备用。水发银耳去蒂，择洗干净备用。用一紫砂锅，放入鸡汤、鲜奶、盐、鸡精、葱姜、银耳和羊胎，用棉纸封住砂锅口，入笼蒸烂，上席时拣去葱姜即成。

🍽 糟鹅掌鸭信 （200 元）

　　选取放养的鸭子和鹅，将鹅掌及鸭舌煮熟，剔骨，用鸡汤加盐复煮，捞出后用香糟汁或糟油糟食。

🍽 烤鹿肉 （200 元）

　　将腌好的鹿肉放入烤盘内，加入少许水和油，上炉烤至鹿肉呈红褐色，熟烂后取出，浇上烤盘中原汁即成。

## 🍽 酒酿清蒸鸭子（200元）

鸭肉切块，用糯米做的酒、佐以细盐拌腌片刻，盛入汤碗中，上摆小葱及生姜片适量，入锅蒸一小时。

## 🍽 胭脂鹅脯（300元）

将广东清远鹅的鹅脯放置锅中，加入适量清汤、白糖、蜂蜜、盐、红曲粉入味，待汤汁变浓时淋入少许香油即成。食时改刀装盘，衬以蓑衣黄瓜围边装点。

## 🍽 五香大头菜（50元）

将大头菜去须、根，洗净后横切3刀，深度为整个大头菜的三分之二，然后放入缸内，加食盐腌制3天后捞出晒干。将精盐炒熟，与五香料、醋拌在一起。将晒干的大头菜与精盐掺拌均匀，装入坛内，封坛口放置7天即成。

## 🍽 油盐炒枸杞芽儿（120元）

选取春天采摘的枸杞嫩芽，用油盐清炒。

## 🍽 小荷叶儿小莲蓬儿的汤（200元）

大观园酒肆柳大厨独家独门！

## 🍽 火腿鲜笋汤（200元）

水煮开后，放入腌肉、肘子。水要没过肉，中火煮开，撇去浮沫。佐以黄酒、姜片，转小火；再煮开，入春笋，一个小时后食用。

## 🍽 内造瓜仁油松瓤月饼（200元）

宫廷内造，制法散佚。

## 🍽 豆腐皮包子（150元）

猪肉馅中加入贾府秘制调料，然后将香菇、笋、鸡肉切丁，调入猪肉馅拌匀。将泡好的油豆皮切成长宽相等的片片，放上适量的馅料。用焯好的香菜扎起来，置于蒸笼上大火蒸10分钟。

## 🍽 绍兴黄酒（500元）

**共计：** 4320 元。

大观园酒肆是贾家开的，请宝玉吃饭，贾府厨子自己做了很多，其实菜价还不算太贵（我还让宝玉找凤姐报销）。考虑到大家口味不一致，所以网罗了大江南北各地的美食。荤素搭配，品种不多，但是分量很足。因为大家平常都是天天见面的，比较亲近。所以在吃饭的时候，不分冷盘热菜，就挑好吃的或者是贵的吃。

⟨ 🔍 搜索评价内容

口味赞品相佳　　　服务态度友好　　　性价比高上菜速度快

店内环境整洁卫生良好　　　老牌餐厅游客众多

 叮个隆咚呛咚呛　vip4
一周前

😊 好评

　　大观园酒肆环境幽静，这次我团了套餐请两位密友——邢岫烟和妙玉一同吃个便饭。邢岫烟家道贫寒，平日里又不受疼爱，连开支都不得不典当自己的衣服来抵，更别提平时了。而妙玉与邢岫烟半师半友，两人都向往闲云野鹤的生活，菜肯定要清淡一些。

🍱 椒油莼齑酱（100元）
🍱 鸡髓笋（120元）
🍱 油盐炒枸杞芽儿（120元）
🍱 面筋豆腐（80元）
🍱 茄鲞（200元）
🍱 小荷叶儿小莲蓬儿的汤（200元）
🍱 建莲红枣汤（80元）
🍱 绿畦香稻粳米饭（50元）
🍱 奶油松瓤卷酥（80元）
🍱 内造瓜仁油松瓤月饼（中秋节打折，80元）
🍱 果盘（80元）
🍱 普洱茶（180元）
　　**共计：** 1370元。
　　吃完这一顿，我的银行卡余额变成了零，但想着邢岫烟平日里太惨了，贵就贵点吧。以及，大家一起和妙玉来吃素呀！！！

< 🔍 搜索评价内容

口味赞品相佳　　　服务态度友好　　　性价比高上菜速度快

　　　　茶花　vip4
　　　　14 小时前

　　我请刘姥姥全家吃饭。一共五人,刘姥姥,狗儿两口子,板儿、青儿。刘姥姥特别满意！可把大家逗乐了！

　　贾府各个人物,就连最卑贱的丫头,也应是吃了山珍海味的。那么我的饭局,对她们毫无意义。赠予应该授给需要、值得帮助的人,与其让富贵人家不置一顾,莫如让卑微的人群体验胡吃海喝一把,叫一通"天下怎么会有这样好吃的东西"。更何况,那些卑微人群在接受赠予后必铭记于心,试图报答（至少刘姥姥是这样）。别的不说,刘姥姥还能让大家笑一场。

　　菜品的话,茄鲞肯定不要,刘姥姥会觉得不如把那些鸡分开来炖了给她吃。茶也不要,不如喝白开水痛快。

　　乡下人吃菜肯定喜欢：①荤菜②新鲜的、翻花样儿的,所以我准备了以下菜品：

🍽 烤鹿肉（200 元）
🍽 野鸡崽子汤（150 元）
🍽 笼蒸螃蟹（200 元）
🍽 桂花糖蒸新栗粉糕（40 元）
🍽 枣泥馅山药糕（80 元）
🍽 火腿炖肘子（300 元）
　　**共计**：970 元。

< 🔍 搜索评价内容

金陵特色美食　　　服务态度友好　　　性价比高上菜速度快

店内环境整洁卫生良好　　　老牌餐厅游客众多

 柴郡猫　vip6
一周前

 超预期 ★★★★★

　　这次精心策划的红楼盛宴，完美融合了薛宝钗、邢岫烟和史湘云三位佳人的性格与喜好，让人仿佛置身于大观园的温婉与风雅之中。每一道菜都精挑细选，不仅满足了味蕾，更是一次心灵的触动。

🍽 奶油松穰卷酥（100 元）
🍽 枣泥馅山药糕（80 元）
🍽 胭脂鹅脯（300 元）
🍽 牛乳蒸羊羔（2000 元）
🍽 鸡髓笋（120 元）
🍽 虾丸鸡皮汤（120 元）
🍽 普洱茶（180 元）

**合计：** 2900 元

　　其实也很想请黛玉，沾沾仙气，但是黛玉比较清高，可能不会答应陌生人的饭局邀约，而且她和宝钗也有一点面和心不和，可能会在饭桌上发小女生脾气，然后和直性子的湘云互怼，尖酸话语会伤及无辜的邢岫烟。

　　请邢岫烟是因为我很喜欢她的性格，她虽然出身比不上众小姐，没有得天独厚的家庭条件，但她温柔敦厚，行为端正，月钱没发、用品匮乏时也人淡如菊、不争不抢，连厉害角色凤姐都觉

得她是"温厚可疼的人"。

她有自己的坚持和傲骨。而且邢岫烟出身贫寒,应该不会对食物太挑剔苛刻。宝钗因为薛姨妈将邢岫烟说媒给薛蝌,对岫烟十分关照,经常"暗中体贴接济",她们俩关系自然亲密。宝钗和岫烟都是沉稳持重、荆钗布裙的女性,不会太讲究华丽排场,应该会喜欢爽口家常的菜肴。

邀请湘云是因为湘云一向和宝钗亲近,而且湘云脾气直爽,和岫烟的温和刚柔相济,气场互补。她还喜欢打扮成男孩模样,豁达可爱,会使宝钗和岫烟家长里短的谈话变得风趣活泼起来,调节饭局的气氛。此外,湘云应该是个口味丰富、热爱美食的人。想想她冬日里烤鹿肉吃,喝酒喝高了会醉眠芍药,觉得看她吃得那么香,同桌上的人也会食欲大增。

菜品的话会杂一点,既要适合大多数女子们清甜精致的口味,也要满足湘云对于味道浓烈的食物的喜爱。

⟨ 🔍 **搜索评价内容**

金陵特色美食　　　服务态度友好　　　性价比高上菜速度快

店内环境整洁卫生良好　　老牌餐厅游客众多

具有良好的口味与口感　　菜品种类丰富

👤　米可　vip4
　　一周前

😊 超预期　⭐⭐⭐⭐⭐

　　此次专为黛玉与宝钗打造的雅集，不仅是对美食的追求，更是对二人情谊的一次深情致敬。一直以来都很可惜黛钗二人的情意，第四十五回"金兰契互剖金兰语"是黛钗二人最贴近的时候，只可惜她们之间隔了个贾宝玉始终难以亲近。

　　有位朋友也问过，要是她们在席上不小心聊到了"金玉"之类的冷场了怎么办？嗯，我觉得顺其自然吧，翠儿的妙语也可以作为席间的小节目嘛。

**正宴开始前，先上糕点：**

🍽 糖蒸酥酪（60元）
🍽 枣泥馅山药糕（80元）
🍽 西湖龙井（200元）

　　两个口感清淡兼有滋补功效的糕点，适合在正餐前做小零食。配上清茶，润口解腻。

**正餐：**

🍽 笼蒸螃蟹（600元）
🍽 火腿炖肘子（300元）
🍽 茄鲞（200元）

- 油盐炒枸杞芽儿（120 元）
- 酸笋鸡皮汤（80 元）
- 碧粳粥（60 元）
- 桂圆汤（120 元）

**共计：** 1820 元。

秋日时节设宴自然是少不了螃蟹的，有螃蟹也自然要配酒，秋日喝桂花酒正好（自带酒水），甜酒不烈，适合女儿家席间小酌。火腿炖肘子煨得绵烂入味，吃起来不费劲，这样我们只需要费劲吃螃蟹了。茄鲞作为《红楼梦》美食榜上第一名，必须点的。酸笋熬的汤，正好可以解腻。红枣补气滋阴，适合女孩子养身子食用，亦可祛一祛螃蟹的寒凉，用红枣熬的粥清甜不腻。饭后来一份桂圆汤，清心滋养。

注：所有食材均采用有机蔬果以及私人牧场的高级肉品。

希望我精心准备的佳肴能让黛玉和宝钗欢颜笑语，和乐共处。此外拟的这菜单的真正理由是这些都是我想吃的。

🔍 **搜索评价内容**

金陵特色美食　　服务态度友好　　性价比高上菜速度快

店内环境整洁卫生良好　　老牌餐厅游客众多

具有良好的口味与口感　　菜品种类丰富

 不胜　vip3
一周前

😊 超预期 ★★★★★★★

　　这次约了贾宝玉、秦钟、甄宝玉、柳湘莲、蒋玉菡几个哥们儿一起吃饭，佳肴配美男，我吃得开心看得开心，花再多钱也不觉得冤枉。

　　男人的话多点儿硬菜，还得配点儿酒，万一他们醉了，嘻嘻！
【菜品点评】

🍽 枣泥馅山药糕（80元）

🍽 桂花糖蒸新栗粉糕（80元）

🍽 奶油松瓤卷酥 & 茯苓霜（80元）
　　奶油的细腻与松瓤的酥脆完美融合，茯苓霜清甜解腻。

🍽 枫露茶（500元）

🍽 火腿炖肘子（300元）

🍽 茄鲞 & 烤鹿肉（500元）

🍽 胭脂鹅脯 & 糟鹅掌鸭信（300元）
　　色彩诱人，口感丰富，让人回味无穷。

🍽 野鸡瓜齑（200元）

🍽 油盐炒枸杞芽儿（120元）

- 惠泉酒 & 屠苏酒（1000元）
- 虾丸鸡皮汤 & 火腿鲜笋汤（300元）

**总计消费：** 3460元。

⟨ 🔍 搜索评价内容

金陵特色美食　　服务态度友好　　性价比高上菜速度快

店内环境整洁卫生良好　　老牌餐厅游客众多

具有良好的口味与口感　　菜品种类丰富

 菩提　vip3
一周前

😊 超预期　⭐⭐⭐⭐⭐

邀请了香菱、湘云、晴雯和红玉这四个我在《红楼梦》中相当心疼的姑娘。晴雯和红玉出身卑微,可是心中都有抑郁不甘之情;香菱和湘云,原本出身皆不错,可都因意外而与父母生离死别。一个生性乐天,爽朗健谈;一个性格温和可爱又好学勤勉。想与她们聊天,谈风花雪月,更想劝慰她们因境遇带来的苦痛心酸。

**【菜品点评】**

🛎 胭脂鹅脯(300元)

　　鹅肉富含蛋白质和油脂,胭脂鹅脯精选上好的鹅胸肉,如若烹饪火候得当,必然鲜香顺口,肉质韧而富有弹性,辅之以苹果作为配料,再有蜂蜜和桂叶调味,在肉的咸鲜之中有清甜果香的点缀中和,是为开胃佳肴。

　　**热量:** 约176大卡/100克

🛎 鸡髓笋(120元)

　　鸡髓笋不似单纯的笋般寡淡,但入口鲜香滑嫩中还是保留了清新。主菜尚未上桌,菜肴虽应有味,但不可太油腻。

　　**热量:** 约100大卡/100克

🛎 红稻米粥(50元)

◯ 炸野鸡崽子（200元）

老祖宗说了，把野鸡肉炸了，配粥喝，咸津津的，才对味儿。前菜已经吃了些荤腥，所以主食就清清淡淡喝点粥，正好亲测一下老祖宗这个搭配美味否。

**热量：** 粥 约50大卡/100克，野鸡肉 约126大卡/100克

◯ 椒油莼齑酱（100元）

也是老祖宗的吃食，椒油性辣味重，莼菜则出自清水，性温平，清口宜人，两相搭配，中和互补，既不伤胃，舌尖也有味。配粥，就是有荤有素才好。

**热量：** 约130大卡/100克

◯ 豆腐皮包子（150元）

我晴雯姐姐爱吃的，只是上回让李嬷嬷给吃了。

**热量：** 约216大卡/100克

◯ 藕粉桂糖糕（100元）

远离家人，随侍他人的姑娘大多心里有苦难言，所以吃些甜食，缓和心情。

**热量：** 约237大卡/100克

◯ 洁粉梅片雪花洋糖（150元）

这糖可以配粥，且似乎有药用功效，但最重要的是味甜，寓意日后甜甜美美。

**热量：** 大于等于300大卡/100克

◯ 小荷叶儿小莲蓬儿的汤（200元）

甜点吃的有些腻味了，需要清新的汤饮来清口。热量应该很低吧！

**共计：** 1370元。

< 🔍 搜索评价内容

金陵特色美食　　服务态度友好　　性价比高上菜速度快

店内环境整洁卫生良好　　老牌餐厅游客众多

具有良好的口味与口感　　菜品种类丰富

 喵小星　vip5
一周前

😊 超预期

　　（装作王熙凤的声音）"我来迟了，不曾邀请贵客！"既然"有头有脸"的人物都被大家请走了，我也就不为难他们，还是去找找被冷落的人吧。

　　实不相瞒，小女子我预备女扮男装，假扮一位上京赶考的白面书生，邀请当日将那顽石携入红尘的一僧一道、抄录《石头记》的空空道人、遁入空门的甄士隐，还有喜欢臧否人物的古董贩子冷子兴。（室友是学文物鉴定的，与这冷子兴素来交好，请他来赴宴并不难）

　　这番宴请，赏月倒在其次，交友却是正事。荣宁二府再怎么闹得翻天覆地，这几个人也只置身事外，特别是那一僧一道，怕是能识天地之数，通古今之变。我也想向他们讨教一二，兴许可以探知些未来之事，比如考研是否考得上，亦为一大幸事。若是言语投机，请他们传我一点长生之术，岂不更妙？

　　闲话少叙，酒菜才是打紧的事。虽然在座的有出家人，但有道是"酒肉穿肠过，佛祖心中留"，想来道家也不例外，所以这次宴请就不考虑什么斋戒不斋戒了。

　　小二，上菜！列位看官，你道这前朝旧都，清凉古道旁的一家小酒楼有甚好菜？请看——

**冷菜四道：**

 粉脆鲜藕（赠送）

- 鸡髓笋（120 元）
- 糟鹌鹑（150 元）
- 酒酿清蒸鸭子（200 元）

既到金陵，怎能不吃鸭子？！

**热菜三道：**

- 笼蒸螃蟹（400 元）

每人一只，中秋赏月必备，配菊花叶儿桂花蕊熏的绿豆面子预备洗手去腥。每只约半斤，六只合两钱银。

- 暹罗国进贡的灵柏香薰的暹猪（1000 元）

不过是泰国进口猪肉，没什么特别，只是灵柏香难得，十两银子。

- 面筋炒芦蒿（50 元）

**汤一道：**

- 小荷叶儿小莲蓬儿的汤（200 元）

**点心一道：**

- 松子穰（30 元）

金陵地面，最不乏雪松，不信你看那南大校徽上是什么？此时又是秋日，松子穰正是时令点心。

**茶、酒各一壶：**

- "千红一窟"茶（10000 元）
- "万艳同杯"酒（10000 元）

既然在座已有跳出三界之人，茶、酒自然也可以不在五行中。可是小女子我毕竟还在俗世之中，茶、酒得有个标价，好结账，姑且算作 10000 元一壶。

**共计：22150 元。**

⟨ 🔍 搜索评价内容

金陵特色美食　　服务态度友好　　性价比高上菜速度快

店内环境整洁卫生良好　　老牌餐厅游客众多

具有良好的口味与口感　　菜品种类丰富

 乐　　vip5
　　一周前

😊 超预期

　　大观园酒肆旗下新推出了怡红院"下午茶"套餐，故请诸姊妹入院一聚，作一休闲耳。三春、黛玉、宝钗、湘云六人足够流连庭院，宝玉及袭人、晴雯、麝月、碧痕等丫鬟参与其中。夏日茶会，需得清新怡人方可。

🍽 枫露茶（500元）

　　颇为神秘的茶品，似乎极其珍贵，书中说"三四次才出色儿"。这样调制的茶，如果不是极其上等的茶叶，那就是茶叶中含有其他特殊物质，在现实中找不到原型，姑且算作500元一盏吧。

🍽 杏仁茶（80元）

　　与其说是茶，不如说是上等的杏仁露。今日该饮品的制作方法较多。五十四回中贾母言杏仁茶甜，甜可生腻，故其作为茶会甜饮品，不宜多。其价格不等，露露杏仁露一箱十六瓶八十，上等手工制作者，价格不定。

🍽 六安茶、老君眉（1000元）

　　妙玉所饮，殊为脱俗。顶级六安茶及老君眉，价格过五百并不稀奇。主要是那泡茶的雪水——"在玄墓蟠香寺住着，收的梅花上的雪"。虽不比"冷香丸"难凑，但同样实属难得。

🍽 西洋葡萄酒（10000元）

出现在六十回"还道是宝玉吃的西洋葡萄酒"中。三百年的西洋葡萄酒……好像会坏掉……那就来瓶 82 年的好了。

🍽 玫瑰清露与木樨清露（200 元）
似乎有药效，但是调在水中吃也颇有清新风味。两小瓶，每瓶 100？

🍽 小荷叶儿小莲蓬儿的汤（200 元）
宝玉被打后想吃的东西，清淡可解甜腻，可有七八碗。内容无甚稀奇，不过需要金银模具来做，不知这金银模具是否要算在预算内？

🍽 枣泥馅山药糕（80 元）
材料已经在名字中，不算太腻。

🍽 松穰鹅油卷（100 元）
可能类似于今天的瑞士卷，里面放入芝麻、杏仁碎等物。可准备六七个。

🍽 桂花糖蒸新栗粉糕（80 元）
材料都在名字里，可以做得平常，也可以做得名贵。

🍽 奶油炸的各色小面果（50 元）
精致的小小点心。

🍽 糖蒸酥酪（60 元）
类似于凝固的老酸奶？袭人似乎爱吃，留一碗。

🍽 松子穰（30 元）

🍽 湃在水晶缸里的果子（150 元）
精选朱橘、黄橙、橄榄、红菱、鸡头共五种。众所周知，茶会上是需要摆盘水果的。

**共计**：12530 元。

## 出镜率最高客人奖

小编冒着被打得鼻青脸肿、头破血流的风险,公开一下大家的得票情况吧!

湘云13票!宝钗10票!黛玉8票!晴雯8票!探春6票!宝玉6票!凤姐5票!邢岫烟5票!此外还有贾母、宝琴、袭人、麝月、柳湘莲……(此处省略其他N位客人)

湘云和宝钗真真是人气最旺选手啊!

看来大家对活泼可爱、贤良懂事的小姐姐情有独钟哦!

延伸阅读本回《红楼梦》

## 主编有话说

笑归笑，闹归闹，《红楼梦》研究课程还得继续上。这次课程作业，要求如下：

1. 如果由你来主持一个饭局，《红楼梦》里的人物你想请谁吃饭？简要说明理由。

2. 请到这些人后，你准备点什么菜？请简要说明理由。要求：菜肴数量最好控制在吃饭人数的两倍以内，避免浪费。菜必须是《红楼梦》里写过的。

3. 给你的饭局做个预算，写出每道菜的价格。简要说明理由。

如果画重点的话，"简要说明理由"是关键，目的只有一个，那就是逼着学生满世界查资料，细细研读作品。读仔细了、读多了，自然会有想法。研究红学云云，认真反复阅读作品是最最关键的，这是童子功，研究其他小说乃至诗文词曲，也是如此。

课程小作业完成之后，再找一位具有"狗仔"潜质的同学进行总结，撰文排版，由古代小说网微信公众号推送。估计《红楼梦》研究课程上到最后会变成网红"狗仔"职业培训班。

除了全体同学必做的课程小作业，还有每次四人参与的课堂讨论（嘿嘿，他们四位要讲整整一节课），然后才是每人必做的课程大作业，得两个学分就是这么难。俺是苦孩子出身，小时候在生产队挣一个工分都难，长大后做教师，自然不会轻易给人学分。

总之，要不断变着花样"折磨"学生，逼着他们看书、思考问题，一个不会"折磨"学生的老师不是一个好老师，俺坚信这一点。

这是一幅《红楼梦》回目艺术排版图,文字密集分布,难以按固定顺序准确转录。以下为可辨识的部分回目(章回标题):

- 贾夫人仙逝扬州城　冷子兴演说荣国府
- 贾雨村夤缘复旧职　林黛玉抛父进京都
- 托内兄如海荐西宾　接外孙贾母惜孤女
- 甄士隐梦幻识通灵　贾雨村风尘怀闺秀
- 薄命女偏逢薄命郎　葫芦僧乱判葫芦案
- 贾宝玉初试云雨情　刘姥姥一进荣国府
- 送宫花贾琏戏熙凤　宴宁府宝玉会秦钟
- 比通灵金莺微露意　探宝钗黛玉半含酸
- 贾宝玉奇缘识金锁　薛宝钗巧合认通灵
- 王熙凤毒设相思局　贾天祥正照风月鉴
- 金寡妇贪利权受辱　张太医论病细穷源
- 林如海捐馆扬州城　贾宝玉路谒北静王
- 庆寿辰宁府排家宴　见熙凤贾瑞起淫心
- 秦鲸卿夭逝黄泉路　秦可卿死封龙禁尉
- 王熙凤协理宁国府
- 贾元春才选凤藻宫
- 大观园试才题对额　荣国府归省庆元宵
- 西厢记妙词通戏语　牡丹亭艳曲警芳心
- 听曲文宝玉悟禅机　制灯谜贾政悲谶语
- 滥情人情误思游艺　慕雅女雅集苦吟诗
- 蒋玉菡情赠茜香罗　薛宝钗羞笼红麝串
- 手足眈眈小动唇舌　不肖种种大承笞挞
- 情中情因情感妹妹　错里错以错劝哥哥
- 白玉钏亲尝莲叶羹　黄金莺巧结梅花络
- 变生不测凤姐泼醋　喜出望外平儿理妆
- 呆香菱情解石榴裙
- 识分定情悟梨香院
- 绣鸳鸯梦兆绛芸轩
- 秋爽斋偶结海棠社　蘅芜苑夜拟菊花题
- 林潇湘魁夺菊花诗　薛蘅芜讽和螃蟹咏
- 琉璃世界白雪红梅　脂粉香娃割腥啖膻
- 史太君破陈腐旧套　王熙凤效戏彩斑衣
- 醉金刚轻财尚义侠　痴女儿遗帕惹相思
- 诉肺腑心迷活宝玉　含耻辱情烈死金钏
- 投鼠忌器宝玉瞒赃　判冤决狱平儿行权
- 怡红院劫遇母蝗虫
- 俏平儿软语救贾琏
- 王熙凤正言弹妒意　林黛玉俏语谑娇音
- 情小妹耻情归地府　冷二郎一冷入空门
- 滴翠亭宝钗戏彩蝶　埋香冢黛玉泣残红
- 训劣子李贵承申饬　嗔顽童茗烟闹书房
- 撕扇子作千金一笑　因麒麟伏白首双星
- 滥情人情误思游艺
- 椿龄画蔷痴及局外
- 勇晴雯病补雀金裘
- 呆霸王调情遭苦打　冷郎君惧祸走他乡
- 杏子阴假凤泣虚凰　茜纱窗真情揆痴理
- 柳叶渚边嗔莺咤燕　绛云轩里召将飞符
- 慕雅女雅集苦吟诗

| | | | | |
|---|---|---|---|---|
| 迎庠序新生 | 九乡河畔 | | 结红楼旧友 | 南雍抱卷 |

# 第三回

这是一幅由《红楼梦》章回目录文字密集排列组成的艺术图像，文字方向与大小各异，呈现为云状/雾状背景效果。中央有一方扇形图案，内有"红楼梦"字样。主要可辨识的回目文字包括：

- 甄士隐梦幻识通灵　贾雨村风尘怀闺秀
- 贾夫人仙逝扬州城　冷子兴演说荣国府
- 托内兄如海荐西宾　接外孙贾母惜孤女
- 贾雨村夤缘复旧职　林黛玉抛父进京都
- 薄命女偏逢薄命郎　葫芦僧乱判葫芦案
- 贾宝玉初试云雨情　刘姥姥一进荣国府
- 送宫花贾琏戏熙凤　宴宁府宝玉会秦钟
- 王熙凤协理宁国府　秦鲸卿死封龙禁尉（秦可卿死封龙禁尉）
- 王熙凤协理宁国府　秦鲸卿夭逝黄泉路
- 贾元春才选凤藻宫　秦鲸卿夭逝黄泉路
- 庆寿辰宁府排家宴　见熙凤贾瑞起淫心
- 王熙凤毒设相思局　贾天祥正照风月鉴
- 林如海捐馆扬州城　贾宝玉路谒北静王
- 俏平儿情掩虾须镯　勇晴雯病补雀金裘
- 蘅芜君兰言解疑癖　潇湘子雅谑补馀音
- 魇魔法叔嫂逢五鬼　红楼梦通灵遇双真
- 通灵玉蒙蔽遇双仙
- 听曲文宝玉悟禅机　制灯谜贾政悲谶语
- 绣鸳鸯梦兆绛芸轩　识分定情悟梨香院
- 比通灵金莺微露意　探宝钗黛玉半含酸
- 滴翠亭宝钗戏彩蝶　埋香冢黛玉泣残红
- 史太君两宴大观园　金鸳鸯三宣牙牌令
- 撕扇子作千金一笑　因麒麟伏白首双星
- 变生不测凤姐泼醋　喜出望外平儿理妆
- 蒋玉菡情赠茜香罗　薛宝钗羞笼红麝串
- 贾宝玉奇缘识金锁　薛宝钗巧合认通灵
- 白玉钏亲尝莲叶羹　黄金莺巧结梅花络
- 宝钗借扇机带双敲　龄官画蔷痴及局外
- 游幻境迷十二钗　饮仙醪曲演红楼梦
- 西厢记妙词通戏语　牡丹亭艳曲警芳心
- 情中情因情感妹妹　错里错以错劝哥哥
- 诉肺腑心迷活宝玉　含耻辱情烈死金钏
- 手舞比此小动唇舌　不肖种种大承笞挞
- 滥情人情误思游艺　慕雅女雅集苦吟诗
- 呆香菱情解石榴裙
- 憨湘云醉眠芍药裀　呆香菱情解石榴裙
- 柳叶渚边嗔莺咤燕　绛云轩里召将飞符
- 秋爽斋偶结海棠社　蘅芜苑夜拟菊花题
- 林潇湘魁夺菊花诗　薛蘅芜讽和螃蟹咏
- 金寡妇贪利权受辱　张太医论病细穷源
- 茉莉粉替去蔷薇硝　玫瑰露引来茯苓霜
- 俏小姐倚俏归地府　冷二郎一冷入空门
- 判冤决狱平儿行权　投鼠忌器宝玉瞒赃
- 痴女儿遗帕惹相思
- 呆霸王调情遭苦打　冷郎君惧祸走他乡
- 亨福人福深还祷福　痴情女情重愈斟情
- 慕雅女雅集苦吟诗
- 大观园试才题对额　荣国府归省庆元宵
- 史太君破陈腐旧套　王熙凤效戏彩斑衣
- 训劣子李贵承申饬　嗔顽童茗烟闹书房
- 村姥姥是信口开河　情哥哥偏寻根究底
- 琉璃世界白雪红梅　脂粉香娃割腥啖膻
- 牡丹亭艳曲警芳心
- 奇子阴阳凤波凤　寿怡红群芳开夜宴
- 俏平儿软语救贾琏
- 贤袭人娇嗔箴宝玉
- 弄小巧用借剑杀人　觉大限吞生金自逝

上回书说到，课程拖到新学期开学才算圆满落幕，小妖们不堪苗大王的炼狱式"折磨"，纷纷转投某罗姓教头门下。每日苦练什么胡言乱语，去画什么宇宙语言结构树，真可谓"才出虎口，又入狼窝"。

且说那苗大王不甘寂寞，只得打起精神，重起炉灶，再办小妖训练营。竟然又找到十几位铁杆粉丝愿意追随左右，潜伏一个多月秘密训练后，再次率众小妖兴风作浪，暂且不提。

话说这一日，贾宝玉正在义学读书，百无聊赖之际，刷起手机，不经意间发现南京大学正在招生。浏览完招生网页，惊觉当今大学教育竟然这般精彩，有趣的课程比比皆是，特色专业的学习也甚合己意，比贾代儒教的那些迂腐文字不知要好多少倍，于是连忙将这条招生信息转到贾府大群中。

大观园群芳听闻此事，无不心向往之，跃跃欲试。于是准备车马，一群人浩浩荡荡组团来到南京大学。苦于不熟悉大学课程和专业设置，众人只得赶忙拜托老熟人——江湖人称"苗大王"的苗怀明老师，为红楼中人安排专业。

苗老师满口答应，拉着那十几名铁杆小妖，从邻村借来桌凳若干，便风风火火地办起了"南京大学招生办·贾府分部"。

小妖人数虽少，但个个不甘示弱。大家深得"苗大王""忽悠"真传，纷纷大展拳脚，凭着自己的三寸不烂之舌，为前来咨询的红楼中人介绍起南京大学的各种专业来。然而，贾府之人也不是那么好说服的，要想让他们心甘情愿来到既非帝都也非魔都的金陵来学习，首先，这些专业和课程必须是南大教务网上可以查到的货真价实的课程；其次，还必须得向他们说明学习这门专业的种种益处，并为他们合理搭配课程。

闲言少叙，书归正传。锣鼓喧天，鞭炮齐鸣，人山人海，彩旗招展，且看这"南京大学招生办·贾府分部"的热闹现场！

@ 爱吃荔枝的小朋友

# 林黛玉

院系：文学院·汉语言文学专业

| 通修课 | 形势与政策 | |
|---|---|---|
| 专业核心课 | 古代文学（一） | 古代汉语（上） |
| 专业选修课 | 杜甫研究 | 古典韵文格律与写作 |
| 文化素养选修课 | 禅与中国文化 | |
| 苗一刀在线课程 | 走进中华诗词之美 | |
| 通识课 | 城市化与地质环境 | |
| 体育课 | 太极 | |

　　贾母带着刘姥姥游园到潇湘馆时，"见窗下案上设着笔砚，又见书架上放着满满的书"，可以得知林黛玉是个非常喜欢读书的女孩子，在诗社作诗也可以看出她很喜欢中国诗词和文化。所以想来文学院是最适合她的，也是她最感兴趣的。

　　在专业选修课里，我觉得"杜甫研究"会是她喜欢的。香菱向黛玉请教如何学作诗时，黛玉曾让香菱先把王摩诘的五言律读一百遍，再读一二百首老杜的七言律，再读李青莲的七言绝句一二百首，"肚子里先有了这三个人作了底子……不用一年的功夫，不愁不是诗翁了"。

　　这里说明黛玉虽然最喜欢陆放翁的诗，但是对于王维、杜甫和李白也是持肯定态度的。林黛玉是个才女，所以大概也是对"古典韵文格律与写作"感兴趣的，姑且也加上这一门课程。

　　文化素养选修课等版块，我为她选择了"禅与中国文化""走进中华诗词之美"和"城市化与地质环境"这三门课。

　　第22回，宝玉看《南华经》后感悟到一些禅机，填了一支《寄

生草》。后来黛玉看到后,三言两语就让宝玉不再纠结参禅。

此处可以看出,黛玉对于禅意也有自己的理解,所以选择"禅与中国文化"这一课。黛玉第一次葬花和宝玉关于落花的对话,也可以看出她对于花卉很有了解,那么选择一门"城市化与地质环境",想来也是拓宽她的知识面的。

最后,体育课选择太极,是因为黛玉自小身子不好,不适合剧烈运动,所以为她选择较为舒缓的太极。

---

@yesterdayshe

## 林黛玉
院系:文学院·汉语言文学专业

|  | 周一 | 周二 | 周三 | 周四 | 周五 |
|---|---|---|---|---|---|
| 第一节 |  |  |  |  |  |
| 第二节 |  |  |  |  |  |
| 第三节 |  | 杜甫研究 | 古典韵文格律与写作 |  |  |
| 第四节 |  |  |  |  |  |
| 第五节 |  | 中国现当代文学 |  | 中国现当代文学 |  |
| 第六节 |  |  |  |  |  |
| 第七节 |  |  |  |  | 钢琴基础 |
| 第八节 |  |  |  |  |  |
| 苗一刀在线课程 | 走进中华诗词之美 | | | | |

林黛玉在《红楼梦》中一向以才女著称,才思敏捷,善于作诗,博览各家之长,于禅学、戏曲、经史等方面也有自己的独特见解,最适合南京大学汉语言文学专业,这个专业也是南大的招牌专业之一,不会委屈了林妹妹。

@彭璞

## 薛宝琴

院系：外国语学院·英语

| 课程 | |
|---|---|
| | 英汉翻译 |
| | 二外法语 |
| | 口译理论与实践 |

　　薛宝琴之父的工作涉及国际贸易，需要翻译官来和外国人沟通。如果薛宝琴能够就读英语专业，再修读一个第二外语，甚至掌握几门小语种，也许能在事业上助父亲一臂之力，开拓海外市场。

　　薛宝琴修读这个专业是和她的家庭背景相契合的，她能够辅助父亲的事业，而父亲也能给她提供实习机会。因此我推荐课程"英汉翻译"和"二外法语"。

　　五十回《芦雪庵争联即景诗　暖香坞雅制春灯谜》中，联诗后期现场的抢答需要敏捷的思维。我们以发言次数为准进行统计，此次联诗共 45 次发言，湘云 12 次，宝琴 9 次，黛玉 8 次，宝钗 4 次，宝玉、李纨、李绮、邢岫烟各 2 次，王熙凤、香菱、探春、李纹各 1 次。

　　宝琴发言次数仅次湘云，占比 20%，可见她才思敏捷。因此我还推荐课程"口译理论与实践"，以宝琴对语言的反应速度，定能胜任课程要求，甚至达到同声传译的水准。而且"又指末一首说更好"，这里指的是薛宝琴的咏红梅花诗，也就是说她不仅才思敏捷，作诗的质量和水准也很高。这里显示出她具备极强的语言能力，适合学习语言。

@yesterdayshe

## 薛宝琴

院系:外国语学院·法语专业

|  | 周一 | 周二 | 周三 | 周四 | 周五 |
|---|---|---|---|---|---|
| 第一节 | 初级 | 大学英语 | 初级 | 大学英语 | 初级 |
| 第二节 | 法语 | 读写 | 法语 | 听说 | 法语 |
| 第三节 | 初级 | 英美散文 | 初级 | 英美散文 |  |
| 第四节 | 法语 | 选读 | 法语 | 选读 |  |
| 第五节 |  |  |  |  |  |
| 第六节 |  |  |  |  |  |
| 第七节 | 外国文化 | 西方旅行者 |  |  |  |
| 第八节 | 通论 | 眼中的中国 |  |  |  |
| 第九节 |  |  |  | 诗学 | 西方 |
| 第十节 |  |  |  | 研究 | 艺术史 |

　　薛宝琴自小随家人奔走过三山五岳,见识过山川浩瀚,眼界开阔。又曾见过"真真国"的女孩子作诗,不如加入外国语学院,将来更可以出国留学,走向国际,见证更大的世界。

　　她貌美纯真,为人大气随和,在诗作中曾不避讳的使用《西厢记》《牡丹亭》等内容,可见其心胸广阔,颇有一番浪漫之情。由此可见,人文气息浓厚的法国较为适合她。

　　薛宝琴作为法语专业的学生,需要修习"初级法语",同时也要顾及更为通用的英语。

　　另一方面,宝琴在诗才、文才等方面都有造诣,也可以通过学习了解国外的文学文化,如"西方艺术史""英美散文选读"等来进一步增加了解。

@yooke

## 妙玉

院系：历史学院·考古学（文物鉴定方向）

| 课程 | 中国通史（一） |
|---|---|
| | 考古学通论 |
| | 中国工艺美术史 |

　　妙玉曾遭家道中落，寄人篱下，但仍保存了不少古玩。第四十一回，她在栊翠庵请宝玉、黛玉、宝钗喝茶时拿出的茶杯俱是珍宝，给宝玉绿玉斗、黛玉点犀䀉、宝钗瓟斝。妙玉原来也是富贵人家小姐，见过不少宝贝，眼界开阔，加上她又爱好收藏古玩，考古学（文物鉴定方向）很适合她。

---

@ 橘猫橘猫

## 薛蟠

院系：法学院·法学

| 课程 | 思想道德修养与法律基础 |
|---|---|
| | 刑法学 |
| | 民法学 |

　　薛蟠自出场起，强抢民女、草菅人命、祸乱家塾、败坏学风，桩桩件件不计其数。倚仗家庭背景逍遥法外、无不敢为，部分恶行情节极其严重，社会影响极其恶劣，可见其规则意识淡薄，缺乏基本法律与道德素养。因此建议薛蟠进入法学院修习法学，且除专业课外，还应修读思政课以端正思想、重塑三观。

@ 寻遍寒枝，却不肯栖

## 惜春

院系：哲学学院·中国哲学

| 课程 | |
|---|---|
| | 中国哲学史（下） |
| | 宗教与文化 |
| | 托福阅听说 |
| | 中国佛教考古概论 |
| | 普通天文学 |
| | 书画的创意凝练与工艺呈现 |
| | 佛教哲学专题 |

　　惜春性子清冷，虽然是四春中年龄最小的，却思想早熟，对社会、生命看得通透，又一心只想遁入空门，最后也终于出家。她有着哲学家般思想的冷醒，对中国哲学、佛教有自己的感悟，所以适合哲学系。

　　另外，她工于绘画，奉贾母之命，绘制大观园。又喜欢抄写佛经，第八十八回史老太君因为生辰许下功德，要几个亲丁奶奶姑娘们抄写《心经》，惜春自信满满："别的我做不来，若要写经，我最信心的。"学习书画定合她心意。

　　所谓"仰观宇宙之大，俯察品类之盛"，凝视宇宙的时候可以忘记尘嚣，宁心静性，同时也会加深对生命、人类的理解，方便哲学的思考。在专业课之余惜春选修"普通天文学"，便于驰骋神思。

　　她生于宁府，对家族的龌龊也了然于心。第七十四回"惑奸谗抄检大观园，矢孤介杜绝宁国府"中对尤氏说："我清清白白的一个人，为什么教你们带累了我"，她应该是想逃离家族，越远越好。出国留学是个很好的契机，要早做打算，准备托福。

@yooke

## 贾探春

院系：政府管理学院·行政管理

| 课程 | |
|---|---|
| | 经济学原理 |
| | 公共行政学 |
| | 宪法学 |
| | 西方行政学说史 |
| | 比较政府体制 |

  探春曾说过："我但凡是个男人，可以出得去，立一番事业，那时自有我一番道理。"可以看出她是一个志气很高的女孩子，事业心很强。在抄检大观园时，她对贾府的形势有着深刻而清醒的认识，认为贾府的衰败并非外力所致，而是内部的腐败和自相残杀，她对家族的兴衰有强烈的责任感与使命感。行政管理专业学生毕业后可在国家机关、社会团体和事业单位从事行政管理工作，探春对人、事的整体把握能力及其管理能力和决断力，都使她十分适合行政管理工作，能够循序渐进、有条不紊地推动政策的变革与政府管理体制的革新。

  探春生在官宦之家，父亲贾政本身当官，其舅王子腾一路升迁，虽然探春不是王子腾血缘关系上的亲侄女，但是名义上王夫人才是她的母亲，加上四大家族本就是利益共同体，一荣俱荣一损俱损，王子腾也会提携她，探春能够享受丰富的政治资源，学习诸多经验。治理大观园、辱母抬婢树立威信等事可以看出她手腕强硬又情商极高，相信她会仕途坦荡，也能够真正成就一番事业，发挥其经世致用之才。

@ 停云

## 王熙凤

院系：商学院·经济管理试验班

| 课程 | 管理学 & 会计学<br>微观经济学 & 宏观经济学<br>内部控制与风险管理 |
| --- | --- |

　　王熙凤作为管家小能手，商学院是她的不二选择。建议她修大一的课程，因为大一属于大类教学（经济管理试验班），经院和管院的课程都有涉及。毕竟对于贾府这样一个庞大的家族来说，除了管理，经营也是十分重要的。

　　考虑到王熙凤同学日理万机，大概组织活动和课业不能兼顾，所以只给她选了五门课。五门课程大致可以分为两组。

　　（1）管理学 & 会计学：王熙凤同学作为贾氏集团的 COO 和 CFO，面对类似"人口混杂，遗失东西"等问题，通过"管理学"的课程学习，可以改革或重建一套行之有效的员工管理体系；面对类似"需用过费，滥支冒领"的问题，王熙凤作为高管，必须用会计学武装自己，不让底下人钻空子，而且账算得清楚能够有效提升公司效率，女强人王熙凤能腾出更多时间做到老公孩子热炕头……

　　（2）微观经济学 & 宏观经济学及内部控制与风险管理：所谓贷款有风险投资需谨慎，所谓不要把鸡蛋放入同一个篮子里。如果王熙凤同学早早学会这一点，或许不会频频弄权圈钱，更加重要的是，通过以上三门课程的学习，相信王熙凤对于不动产的重要性会有进一步的理解。

@Mr.Sandman

## 薛宝钗

院系：社会学院·应用心理学专业

| 课程 | 社会心理学 |
|---|---|
| | 教育心理学 |

　　心理学是一门研究人类心理现象及其影响下的精神功能和行为活动的科学，兼顾突出的理论性和应用（实践）性，其中应用心理学有极高的实用价值。薛宝钗心思细腻，善于把握人的心理状态并能做到圆滑处世，保持良好的人际关系。十分擅长心理学研究的她比较适合社会学院的应用心理学专业。社会心理学在个体水平和社会群体水平上对人际关系进行探讨，这对于善于笼络人心的薛宝钗是正中下怀。

　　在第四十二回中，薛宝钗故意以《西厢记》《牡丹亭》"审"林黛玉，并透露自己也读过这些书。通过这样一件小事，她巧妙地拉近了与林黛玉的距离，使钗黛关系至此逐渐改善。金钏跳井死后，王夫人准备置办两套新衣服给她妆裹。在场的薛宝钗当即提出用自己的衣服，不必再另做，以此来讨好王夫人。她把衣服取来时看到宝玉在王夫人旁边落泪，"宝钗见此光景，察言观色，早知觉了八分"。可见，机敏聪慧的薛宝钗对于为人处世相当擅长，研究人际关系的社会心理学对她来说再适合不过了。

　　除此之外，薛宝钗博学多知，她的才华超出常人许多，在文学、医学、商学等方面都有涉猎，这种博学的特质使得她能够从多个角度理解和分析人的行为和心理，而不仅仅拘泥于某一特定的研究视角，这是研究心理学的重要基础。

@Oxygen Mask

## 贾宝玉

院系：社会学院·社会工作

| 课程 | |
|---|---|
| | 经济社会学与政治 |
| | 贫困与社会发展 |
| | 社区工作 |
| | 社会保障与社会福利 |
| | 经典悦读《乡土中国》 |

　　生活在钟鸣鼎食的富贵之家的宝玉，过惯了锦衣玉食的生活，《红楼梦》十五回中一次无意中的乡村之行反而激起了他对于外界社会的无限感慨。见了锹、镢、锄、犁等物，他皆以为奇；看到纺车，他也要"拧转做耍"。面对着充满青春自然气息的村姑二丫头，他依依不舍。不仅如此，对于刘姥姥瞎编的乡村姑娘的故事，他也深信不疑，甚至让茗烟去查找。因此，宝玉对乡村生活不仅感兴趣而且十分向往，在这种热情的推动下，他对于乡村社会工作一定会十分认真。

　　宝玉有很强的同理心，对不同阶层的人都怀抱同情。例如，刘姥姥在栊翠庵前喝茶，妙玉要把刘姥姥用过的茶杯砸碎，宝玉提出将茶杯送给刘姥姥，并提议把小道士进献的小礼物分散给穷人。本着一颗善良的心，贾宝玉更能够留意到社会上更多人的境遇，并且真心实意地伸出援助之手。宝玉是多情的，对一切有缘相遇的、有情的、无情的、可爱的事物都有那么几分珍惜和留恋，而且毫无功利性。让宝玉学习社会工作专业，深入这个他之前从未了解过的社会，也许能让这位多情的公子哥产生不一样的感悟。

@ 弗告

## 警幻仙子

院系：信息管理学院·档案学

| 课程 | 档案学概论<br>档案管理学<br>档案现代化管理 |

警幻仙子在太虚幻境中掌管"普天之下所有的女子过去未来的簿册"，然而因分类方法原始、贮存手段落后等短板，所存档案数量极为有限，每位"要紧者"尚且只有三言两语，庸常之辈更是无册可录。故而建议警幻仙子进入信息管理学院修习档案学，系统学习现代档案分类、检索、保存，争取早日实现"无纸化""数字化"，扩大各司信息储量，打造"孽海情天"文献数据库，为红学研究提供文献保障。

### 最热门的人物贾探春

总计 20 位小妖，竟有一半选择了为探春安排专业和课程，行政管理、工商管理、经济学、法学……

甚至还有小妖想让探春修两个学位！

每位红楼人物都有自己的专长和性格特点，如果让他们将这些能力运用在大学的专业学习中，定能如鱼得水，跻身年级前列，拿到丰厚的奖学金更是不在话下。这些大神空降南京大学，绝对是碾压式胜利！

# 你也来为他们选择一下专业并设计课程吧！

姓名：

院系：

|  | 周一 | 周二 | 周三 | 周四 | 周五 |
|---|---|---|---|---|---|
| 第一节 |  |  |  |  |  |
| 第二节 |  |  |  |  |  |
| 第三节 |  |  |  |  |  |
| 第四节 |  |  |  |  |  |
| 第五节 |  |  |  |  |  |
| 第六节 |  |  |  |  |  |
| 第七节 |  |  |  |  |  |
| 第八节 |  |  |  |  |  |
| 第九节 |  |  |  |  |  |
| 第十节 |  |  |  |  |  |

理由：

------

------

------

------

------

------

------

------

------

延伸阅读本回《红楼梦》

## 主编有话说

  这次布置作业的时候正值开学季,看着正在军训的新生,我就在想,假如《红楼梦》里的人物也在南京大学入学就读,那该是一个什么样的奇妙场景呢?于是我给小妖们布置了如下的作业:和《红楼梦》人物做同学,帮其选专业、设计课程。

  具体要求:选择《红楼梦》中的三个人物,根据其性格、特长、兴趣等,为其选择一个适合的南京大学的院系专业,为其设计这学期的课程,并简要说明理由。要求专业及课程都是真实的,在南京大学教务选课系统里可以查到。

  我想达到的目的也是显而易见的:《红楼梦》里的人物都是鲜活的、真实的,如果从作品中走出来,和你我并没有什么不同。选择院系专业、设计课程,可以让同学们从一个新的角度来重新审视《红楼梦》中的人物,对这部作品有着新的理解。

  这样也可以有一种身临其境的奇妙感受,让同学们更感性地来认识这部传世名著。我一直认为,代入感是欣赏、研究这部作品的一个很好的角度。通过这种方式,同学们对自己的专业和课程会不会进行一些反思呢?

  作业的具体情况已呈现在前文中,是非高下读者自有判断。

  就我个人而言,对作业结果还是比较满意的。无论采取什么样的方式,无论如何变花样,目的只有一个,那就是让同学们认真阅读《红楼梦》这部作品,对这部作品有更为全面、深入的认识,学会一些基本的学术研究方法。

  红楼人物纷纷进驻南京大学各院系,接下来会有什么样的奇妙故事发生呢?精彩不容错过,错过终生遗憾,且听下回分解。

# 第四回

林潇湘剁手卖文度日

贾怡红搬砖变废为宝

红楼梦回目集锦（图像为艺术排版，文字密集交错，以下为可辨识回目）：

- 甄士隐梦幻识通灵　贾雨村风尘怀闺秀
- 贾夫人仙逝扬州城　冷子兴演说荣国府
- 贾雨村夤缘复旧职　林黛玉抛父进京都
- 薄命女偏逢薄命郎　葫芦僧judge乱判葫芦案
- 贾宝玉初试云雨情　刘姥姥一进荣国府
- 送宫花贾琏戏熙凤　宴宁府宝玉会秦钟
- 贾宝玉路谒北静王
- 王熙凤弄权铁槛寺　秦鲸卿夭逝黄泉路
- 贾元春才选凤藻宫
- 林黛玉误剪香囊袋　贾元春归省庆元宵
- 庆寿辰宁府排家宴　见熙凤贾瑞起淫心
- 王熙凤毒设相思局　贾天祥正照风月鉴
- 林如海捐馆扬州城　贾宝玉路谒北静王
- 秦可卿死封龙禁尉　王熙凤协理宁国府
- 滴翠亭宝钗戏彩蝶　埋香冢飞燕泣残红
- 听曲文宝玉悟禅机　制灯谜贾政悲谶语
- 蒋玉菡情赠茜香罗　薛宝钗羞笼红麝串
- 享福人福深还祷福　痴情女情重愈斟情
- 白玉钏亲尝莲叶羹　黄金莺巧结梅花络
- 识分定情悟梨香院
- 绣鸳鸯梦兆绛芸轩
- 魇魔法叔嫂逢五鬼　红楼梦通灵遇双真
- 史太君两宴大观园　金鸳鸯三宣牙牌令
- 秋爽斋偶结海棠社　蘅芜苑夜拟菊花题
- 林潇湘魁夺菊花诗　薛蘅芜讽和螃蟹咏
- 变生不测凤姐泼醋　喜出望外平儿理妆
- 判冤决狱平儿行权
- 俏平儿软语救贾琏
- 勇晴雯病补雀金裘
- 呆香菱情解石榴裙
- 慧紫鹃情辞试忙玉
- 慈姨妈爱语慰痴颦
- 憨湘云醉眠芍药裀
- 寿怡红群芳开夜宴
- 因麒麟伏白首双星
- 撕扇子作千金一笑
- 诉肺腑心迷活宝玉　含耻辱情烈死金钏
- 西厢记妙词通戏语　牡丹亭艳曲警芳心
- 痴情女情误思游艺　慕雅女雅集苦吟诗
- 痴小妹痴情归地府　冷二郎一冷入空门
- 王熙凤正言弹妒意　林黛玉俏语谑娇音
- 辱亲女愚妾争闲气　欺幼主刁奴蓄险心
- 贤袭人娇嗔箴宝玉　俏平儿软语救贾琏
- 琉璃世界白雪红梅　脂粉香娃割腥啖膻
- 醉金刚轻财尚义侠　痴女儿遗帕惹相思
- 错里错以错劝哥哥
- 大观园试才题对额　荣国府归省庆元宵
- 投鼠忌器宝玉瞒赃　判冤决狱平儿行权
- 嗔顽童茗烟闹书房　训劣子李贵承申饬
- 手足眈眈小动唇舌　不肖种种大承笞挞
- 柳叶渚边嗔莺咤燕　绛云轩里召将飞符
- 蘅芜苑夜拟菊花题
- 鸳鸯女誓绝鸳鸯偶
- 王熙凤效戏彩斑衣
- 滥情人情误思游艺
- 贾二舍偷娶尤二姨　尤三姐思嫁柳二郎
- 情中情因情感妹妹
- 王熙凤致祸抱羞惭
- 尴尬人难免尴尬事
- 情小妹耻情归地府
- 老学士闲征姽婳词
- 荣国府归省庆元宵
- 酸凤姐大闹宁国府
- 苦绛珠魂归离恨天
- 王熙凤正言弹妒意
- 贤宝钗小惠全大体
- 小巧者用借剑杀人　宛大限吞生金自逝
- 牡丹亭艳曲警芳心
- 埋香冢飞燕泣残红
- 识分定情悟梨香院
- 腰桥设言传心事　湘馆春困发幽情
- 寿怡红群芳开夜宴　死金丹独艳理亲丧
- 俏丫鬟抱屈夭风流　美优伶斩情归水月
- 俊袭人含嗔箴宝玉
- 金兰契互剖金兰语　风雨夕闷制风雨词
- 感深秋抚琴悲往事　坐禅寂走火入邪魔
- 王子腾仕宦走他乡　冷郎君惧祸走他乡

双十二刚过,圣诞、新年将至,大观园众女儿低头一看手机,呀!支付宝、微信、银行卡余额统统都是明晃晃的 0,"都花啦"的欠费也达到了上限,眼看还款日期迫在眉睫,这个月的月钱还没有着落,这可如何是好,只得向凤姐讨要。

凤姐看着再也发不出来的工资,不禁感到一丝头痛:"家里人只有花钱的,没有挣钱的,如今外面的架子未倒,内囊却也尽上来了。搞理财虽然也能挣几个钱,但总是在法律的边缘左右横跳,这样下去也不是个办法,唯有大家出外谋生,才能谋得一线生机。"

探春灵机一动,建议道:"凭姐妹们的才华,还有什么事干不成的!只是我们总在这园子里,也没有个赚钱的机会。我听说只要走出这劳什子地方,园子外面四处都是谋生的去处!"

于是众主仆倾巢而出,一路行至金陵东郊,平地里忽见一座大厦,匾额上书七个大字——

## 红楼职业介绍所

原来,所长苗怀明发现了新商机,灵机一动,开了一间职业介绍所。没想到这才刚开业,就迎来了贾府老顾客们的又一单大生意!苗经理亲率得意弟子 38 人倾巢而出,势必要带领红楼诸人创业!

让我们走进现场,看看此次红楼职业介绍所的盛况!

# 探春简历

### 个人背景：

贾家三女儿
应届毕业生

### 求职目标：

企业管培生 / 仕官生

### 工作经历与业绩情况：

- 学生时期，曾推动"海棠诗社"成立，充分调动大观园内青年文学人才开展创作。
- 担任大观园总管期间，创造性提出并实施"大观园责任承包制"。
- 针对性围绕财政赤字开源节流，缩减不必要开支并有效增强仆人责任感与获得感，为贾府一年节约近 400 两银子。
- 加强风气整饬，推动大观园"禁赌行动"并取得显著成效。

### 自我评价：

- 聪明好学，踏实肯干，上手总管工作快速。
- 性格刚直正义，以大局为重，为自己母家拨款抚恤金时仍坚持按照公司规定。
- 爱好和平、公平。
- 致力于建立女性友好工作环境。

### 离职大观园原因：

上任工作交接到手里已经是烂摊子了，无法施展才干。

(@ 弟子伊麟)

**探春——企业管培生 / 仕官生**

探春理性、聪明,行事风格干脆利落,从不轻易得罪人,但对原则问题也绝不退让——关键长得还好看,天生是一朵"带刺的玫瑰"。凡是有她出面的外交场合,观者无不为她的形象与气场所吸引,再加上她熟谙外交手段,总是可以代表家族形象、圆满完成任务。

# 王熙凤简历

**个人背景：**

金陵王家女儿
已婚，育有一女

**求职目标：**

高级经理 / 财务总监

**工作经历与业绩情况：**

- 曾作为总经理、财务总监负责多项重大项目，确保荣国府短期内业务目标与长期战略相符。
- 挂职协理宁国府期间，整肃府风府气，优化府内员工奖惩机制、明确时间制度，提高宁国府运转效率。
- 作为总策划统筹推动贾府元妃省亲、元宵宴、中秋宴、生日宴等多个重大会议、活动落地。
- 曾负责"抄检大观园"项目，取得了较好的成效。
- 培养平儿、小红等多位优秀青年骨干人才，提拔新生力量。

**自我评价：**

- 具有较强的向上管理能力，择良木而栖，能够辅佐好董事长贾母、董事王夫人等。
- 具有突出的多线程处理问题能力，曾同时负责贾府人事、财务、出纳、运营等工作。
- 擅长巧妙平衡复杂的人际关系与家族权力结构。
- 社会网络纵横，有强大的社会影响力与府外资源。
- 熟练掌握账务流程，熟悉办文、办事、办会等行政工作。

(@ 弟子亦渺)

**王熙凤——律师**

王熙凤固有理事之能，但更使人印象深刻的，还是她的辩才。一张嘴，能讨老祖宗欢心，也能叫众人服气，一句话，变着调儿一说，能成事，也能伤人。她做律师，没有站不住脚的辩护！

(@ 弟子 Chicken)

**王熙凤——高级经理/财务总监**

文盲凤姐化身跨国企业人事主管，对外谈生意一口外语令合作伙伴赞不绝口，对内雷厉风行，"死"在其手里才知道她的厉害！

# 薛宝钗简历

**个人背景：**

性别：女

**教育背景：**

家庭私塾

**语言能力：**

诗词歌赋

**个人技能：**

- 诗词创作：才华横溢，多次在大观园诗社中崭露头角。
- 管理能力：曾协理大观园，能够有效协调大观园各部门的关系，在人事管理方面才能突出；在大观园职场整顿与改革过程中，提出建设性意见，表现出良好的组织与管理能力。
- 人际交往：善于沟通协调，与贾府上下关系融洽，不仅能够获得上级赏识、同级友爱，更难得的是极受员工们的尊敬与爱戴。
- 财务管理：不仅对家族商业活动了如指掌，也对大观园财务有基本了解，对私人财务与公共财务具有较高的敏感度，善于平衡各方利益，具备很强的理财能力。

**工作经历**

协助母亲处理家务，参与组织家庭及社交活动，曾与探春、李纨一起协理大观园。

**自我评价：**

- 性格温婉，处事稳重，富有同情心和责任感。具有深厚的文化底蕴和艺术修养，能够快速适应新环境。
- 乐于学习，不断提升自我，体谅他人，具有团队合作精神。

(@弟子Monkey)
**薛宝钗——上岸教育部**
宝姐姐心思细腻八面玲珑，最适合在官场深海斗争了，相信她一定能够凭借自己的智慧，待人接物滴水不漏，未来平步青云。

# 林黛玉简历

## 个人背景：

性别：女
年龄：职业黄金期
住址：大观园潇湘馆

## 教育背景：

自学成才：自幼受家族深厚文化底蕴熏陶，广泛阅读古典文学著作，尤其精通诗词歌赋，对《诗经》《楚辞》及唐宋名家诗词有独到见解。

## 个人技能：

- 文学创作：擅长古典诗词创作，作品情感真挚，意境深远，多次在家族及友人间的文学聚会中展示才华，广受好评。
- 文学鉴赏：具备深厚的文学鉴赏能力，能够准确理解并评价古典文学作品的艺术价值。
- 艺术修养：除文学外亦通琴棋书画，尤擅抚琴，艺术修养极高，为文学创作提供了丰富的灵感来源。
- 组织能力：作为掌坛人重建诗社，发起桃花社，让荒废了一年的诗社"鼓舞另立"。
- 文化传承：积极参与家族的文化活动，如诗词创作比赛、书画展览等。

## 工作经历

生于书香门第，自幼受文学与艺术熏陶，才情出众，心思细腻，情感丰富。虽未正式步入职场，但在家族生活，尤其是诗社活动中，积累了丰富的"工作经验"，擅长文学创作与情感表达。渴望将才华与热情，投入到更加广阔的文化领域中。

# 贾宝玉简历

### 个人背景:
性别：男　籍贯：金陵

### 教育背景:
贾府私塾教育，涉猎四书五经。

### 语言能力:
古文阅读与写作能力出色。

### 个人优势:

- 美妆穿搭：具有较高的审美能力，精通各类化妆用品，对各年龄段女性肌肤状况十分了解。
- 情感丰富：对人性有深刻的洞察力，善于表达情感，具有很强的共情能力，也能通过语言和文字打动人心。
- 创新精神：不拘泥于传统，有着创新和尝试新事物的勇气。
- 人际交往：在贾府及大观园中拥有良好人际关系网尤其受到各年龄段女性的欢迎。
- 文学创作：具有非凡的文学天赋。

### 工作经历:
在贾府中参与组织和管理各类文化活动，如诗社聚会等。

### 自我评价:

- 对美好事物有强烈的追求和向往，对美有独到见解。
- 性格活泼开朗，具有团队合作精神，与各年龄段女性相处均十分融洽，能够调动身边人的情绪。

### 求职意向:
寻求能够发挥个人文学艺术才华和独特社交才能的相关职位，希望和女同事一起工作，愿意为团队贡献创意和热情。

### 联系方式:
金陵贾府大观园

(@ 弟子敬言)

**贾宝玉——美妆品牌创始人**

个人美妆品牌"怡红"创始人贾宝玉,专注高端护肤与彩妆,从天然原料中萃取精华,呵护每一位女孩子的肌肤。特别推出中老年护肤线,让每个女孩子芳龄永驻,不变"鱼眼睛"。

（@ 弟子婧婧）

**秦可卿——女主播**

最火网络女主播秦可卿！

秦小卿：大家晚上好喔，今天给大家分享一下我的收藏品，这是武则天当日镜室中设的宝镜，这是安禄山伤了太真乳的木瓜，谢谢"卿卿的小可爱"送的鲜花。我的床是寿阳公主卧榻，非常柔软呦。感谢"卿卿今天直播了吗"的十个么么哒，还有同昌公主制的连珠帐，西子浣过的纱衾，谢谢"我和卿卿吃火锅"的跑车……

# 发现　　　朋友圈　　

（@ 弟子婧婧）
**薛蟠——职业代购**
一般代购都不以此为主业，但是薛蟠是个败家子儿，做做代购，再顺便走南闯北。薛蟠对宝钗这个妹妹这么细心，再加上见过世面，做化妆品代购也会很有天赋的。

薛蟠

 **薛蟠**

　　飞了趟中国香港，新到一批货。姐妹们千万别错过！！杨树林唇油 12# 万年难买！传说中的斩男色。持久到喝水吃饭用纸巾擦嘴都不掉色！我家妹妹钗钗也喜欢用，只有四支。五折最新到货，这可能是最后一批了，把握机会小棕瓶面部精华 50ml，国内专柜售价 1080，我这儿只要 575。

(@弟子little)

**柳湘莲——偶像男明星**

今日头条：南京某地一女性莲藕（柳湘莲粉丝名）喊话偶像娶她？！

摘要：该粉丝亲属称其曾收过柳湘莲所赠定情信物，质问柳湘莲既然无心娶亲，何必给人希望？柳湘莲经纪人竭力否认此事，柳湘莲众多粉丝联合发文谴责该私生饭"意淫"过度，给偶像带来不良影响。柳湘莲在事发之后没有任何回应，各大媒体蹲守机场数日，依旧没见到本人踪迹，甚至有小道消息称柳湘莲已经失踪。

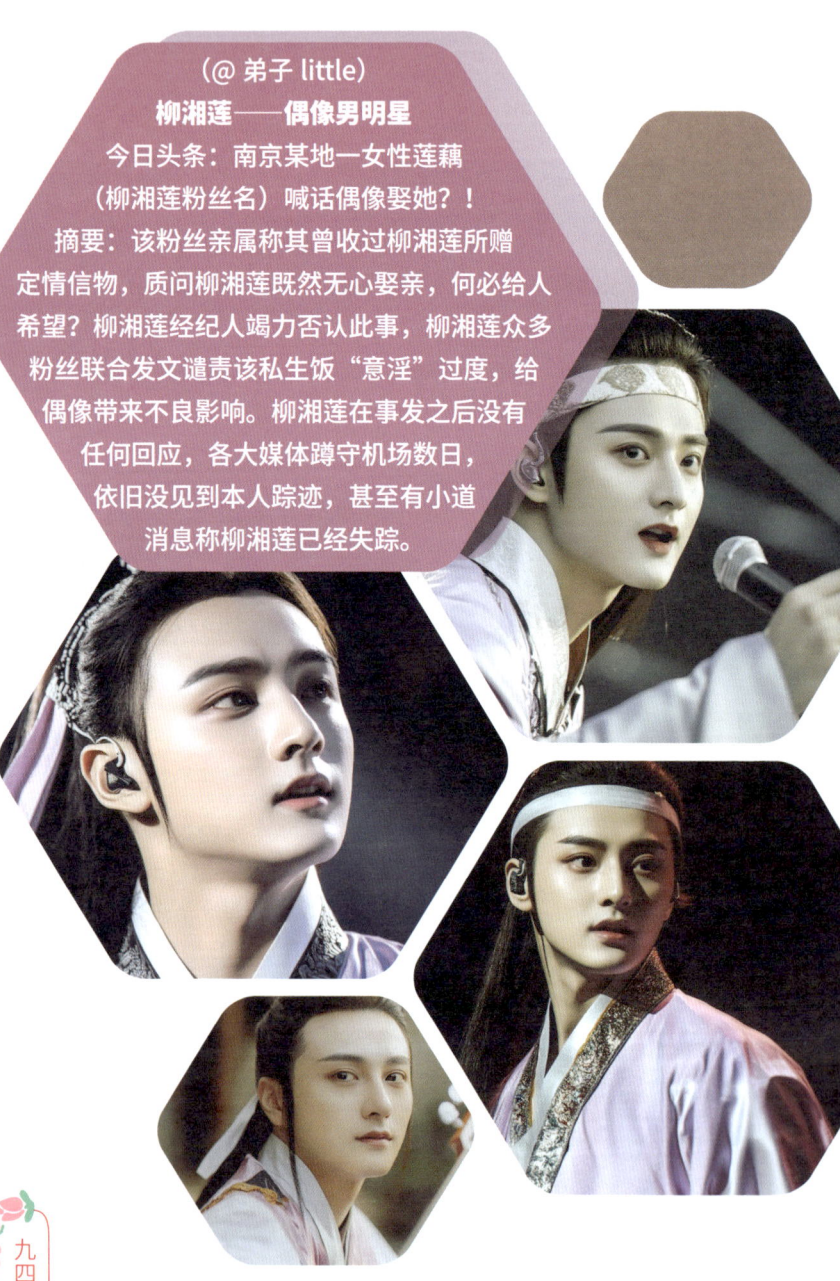

(@弟子衬衣)

**晴雯——脱口秀主持人**

网络娱乐脱口秀主持人晴雯妹妹涂着大红唇,踩着高跟鞋:"我们今天和各位网友来聊一聊国内某一线女星啊,最近又传出了绯闻,真是伺候某富豪伺候得太好了,才挨得窝心脚。"

（@ 弟子雁南）
**刘姥姥——本土品牌创始人**
刘姥姥的豇豆、扁豆、茄子、葫芦条儿等各色干菜贾府上上下都爱吃！她或许能像老干妈那样做出干菜全球知名品牌！

**人物方面：** 更倾向于选择《红楼梦》中的丫鬟仆妇或边缘人物，可见红楼职业介绍所众弟子们觉得主要人物很难写，充满人道主义精神。

**职业方面：** 更倾向于新兴的互联网行业，反映出红楼职业介绍所弟子们村里刚通网，与时俱进，关注新兴职业。

原以为大家不会干活的各位废物到了二十一世纪都有事可干，废物利用，也体现了红楼职业介绍所的良好事务能力，希望大家多来为我们送钱请我们来解决问题！

### 你要给谁找工作呢？

@ 弟子：

☐ —— ☐

理由：
------
------
------
------
------

延伸阅读本回《红楼梦》

## 主编有话说

这次《红楼梦》研究课程花式作业具体要求如下：

《红楼梦》里贾府上下人等基本上是坐吃山空，都是花钱的，没有挣钱的。如果这些人生活在当下，都是要外出打工谋生的。请根据各自的特长、性格及兴趣等，给《红楼梦》里的五个人物找一份工作，简要说明理由，并展开想象，用几句话描述一下他们工作的场景。

目的很明确，从八卦开始，以学术结束。让同学们从职业的角度重新审视《红楼梦》，既要熟悉作品里的人物，又要融入当代意识，让作品鲜活起来。看过大家的作业，爆笑之余，也引起不少严肃的思考，尤其是其中的励志元素。贾宝玉看似一个"废物"，但他做化妆品行业绝对是本色当行；林黛玉似乎无法就业，但让她到大学里承担古代文学或旧体诗词创作课程，真是再合适不过，有"香菱学诗"为证。

每个人来到这个世界上，都有自己的理由，老天爷是公平的，众生平等，只要善于观察和发掘，都可以找到自己的长处和优势。一次课程作业能获得一份这样的启示，也就够了。

下一波花式作业剧情更狗血，效果更火爆，红楼冲击波，势不可挡。我们的口号是：一本正经搞笑，认认真真读书。

同学们已经摩拳擦掌，跃跃欲试，欲知后事如何，且听下回分解。

# 第五回

击鼓传花 红楼怀旧情

披霜望月 金陵解语香

红楼灵编

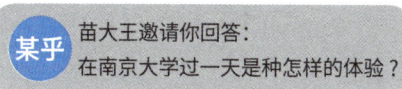 苗大王邀请你回答：
在南京大学过一天是种怎样的体验？

  上回书说到，大家纷纷为红楼人物挑选院系专业，进入南京大学深造，又是在图书馆集体吐槽民间红学研究，一时间闹得好不热闹。这一日，众人的手机忽然弹出消息，定睛一看是收到某乎奇怪的邀请。

  "在南京大学过一天是种怎样的体验？"消息一弹，大家怀着好奇的心情飞奔而至，发现提问者竟然是江湖人称"苗大王"的苗怀明。他在问题详细描述里写到："近日在家枯坐无趣，不妨聊聊当年的往事吧。让助教击鼓我们传花，停住者就从本科时的日记本里找出你们在南大的某一天，讲讲从早到晚这一天都做了什么事情，大家意下如何？"

  "叮咚"一声，某乎传来消息，"您关注的问题已有人回答"，点进去一看竟是……

## 邀请回答

邀请　　　　推荐　　　　视频回答

### 在南京大学过一天是种怎样的体验？

  近日在家枯坐无趣，不妨聊聊当年的往事吧。让助教击鼓我们传花，停住者就从本科时的日记本里找出你们在南大的某一天，讲讲从早到晚这一天都做了什么事情，大家意下如何？

 写回答

5572 回答　　　8536 关注

# 在南京大学过一天是种怎样的体验？

某乎    7356 个回答    8286 个关注

---

 @ 铁娘子在南大

6528 个人赞了该回答    ＋ 关注

  前学生会主席尤氏病倒，王熙凤暂代职务。

  早上六点就起来了，在四食堂胡乱吃碗豆腐脑就跑到大活工作，学团工作任务繁重，各个部门都找她汇报工作。自从她上任，学生会风气大变，各部长干事无不称赞。

  上午凤姐在专业选修课上翻转课堂大出风采，她的表达能力和随机应变能力十分出众。

  下午在张心瑜小剧场进行红楼迎新晚会彩排，凤姐在台前幕后奔波忙碌。

  晚上，到国外做交换生的男朋友贾琏给王熙凤发微信汇报情况。王熙凤累了一天，虽然腰酸背痛，但还是不忘操心，叮嘱贾琏不要在外面拈花惹草，背着她和别的女同学发展暧昧关系。

  等到所有工作和作业都做完，已经深夜两点了。

**评论 8065**

 写评论

 **再也不睡懒觉了：**
铁娘子有铁手腕，记得那会儿有个部员开例会迟到被一顿臭骂，听说下周还罚多值了两次班。

 **倜傥风流琏二爷：**
只要两颗心在一起，距离多远都不是问题 I love you 。

  ＋ 关注   4325   5680   6324

# 在南京大学过一天是种怎样的体验？

某乎　4359 个回答　6243 个关注

---

 @ 尤三姐
7258 个人赞同了该回答

+ 关注

　　尤三姐本就姿色过人，沐浴后更是艳光四射，对镜自我欣赏一通才心满意足地下楼，跟柳湘莲去六食吃麻辣香锅作为午饭。

　　九点多钟，柳湘莲把三姐送到宿舍楼下，小情侣说了几句悄悄话就告了别。三姐回到宿舍一开门尤二姐又在抹眼泪，想想就知道是王熙凤又来找她麻烦。

　　她恨铁不成钢，每每劝她躲着点儿贾琏，二女争一男的戏码早成了众人的谈资。更何况王熙凤牙尖嘴利、咄咄逼人，今日定是又把二姐欺负狠了。

　　三姐书包也没放，搬过凳子准备与二姐促膝长谈，非把她的感情乱局给解决了，劝她收心，好好复习备考。

评论 6218

 写评论

 柳湘莲：
三姐还是跟年轻时一样臭美。

 尤三姐回复柳湘莲：
会不会说话？这叫爱美。大家来看，我家老柳当年好像还拿过什么跑步比赛的奖呢。

  3258  6643  6752

# 在南京大学过一天是种怎样的体验？

某乎  2081 个回答  5432 个关注

@ 柳湘莲
5723 个人赞了该回答

这日刚到辰时，柳湘莲便被闹钟吵醒，甄士隐还在睡觉，他蹑手蹑脚出门。正值考试周，他约了隔壁宿舍的薛蟠同去图书馆。薛蟠不停打哈欠，满脸倦容。

柳湘莲打趣道："兄昨晚是哄人还是打游戏呢？"薛蟠赧然叹道："柳二弟也知那河东狮，不提也罢。"

到了杜厦图书馆，薛蟠埋头玩手机。柳湘莲看了会书，实在看不懂，兼空调蒸得人睁不开眼，于是也拿出手机，看到第Ⅱ剧社群里的迷妹对着男主角柳湘莲前几日的剧照犯花痴。

中午，柳湘莲同薛蟠去九食堂吃饭，喜好运动的柳湘莲拉薛蟠参加今日的 mini 马拉松。里程很短，对精于耍枪舞剑的柳湘莲来说不在话下。柳湘莲样貌演技俱佳，更兼平日仗义疏财，很是豪爽，不时听得道旁女生加油助威。

到了终点，眼见还没几个人。好一会儿薛蟠才气喘吁吁走来。

回到寝室，诨号"癞头和尚"与"跛足道人"的两位室友也在。柳湘莲问起薛蟠所托制备冷香丸药引之事，二人答应过两日便给他。于是他下楼洗澡。

# 在南京大学过一天是种怎样的体验?

某乎  3752 个回答  4365 个关注

---

@ 邢岫烟

2682 个人赞了该回答

那日下了半夜雪珠儿,次日一早天上仍是搓棉扯絮一般。

邢岫烟前日囊中羞涩,刚将棉衣服拿去当了几块钱,不想今日一瞧地上的雪已将三寸。待要向舍友借件避雪衣,发现对面迎春正读着《太上感应篇》,司棋、绣桔早已出门。

岫烟只得套了一件家常旧衣,到四食堂吃了一碗白粥,颤巍巍走去仙二教学楼上"中国古代文学"。一路吸了好几口凉气,不觉打了好几个喷嚏。

一节课过后,便有些鼻塞声重,懒怠听讲,只蔫蔫地伏倒在案上了。一旁的篆儿见岫烟如此,推了几下,却也浑然不觉,忙将手向岫烟脑门上一摸,竟如火炭一般,便不觉吓了一大跳,遂忙跑去隔壁模电教室喊来了倪二,将岫烟打横抱起,一径送到了校医院,在王太医处问了诊。

王太医道:"外感内滞,算是小伤寒。先将热度退去,再疏散疏散就好了。"遂让岫烟打瓶点滴,扶她在病床上歇息了。

平儿听说岫烟受了凉,忙向凤姐讨了一件大红羽纱的雪褂子,赶来送与岫烟。宝钗、湘云等亦前来探视,将今日课上的笔记也

未完,见下页

# 在南京大学过一天是种怎样的体验？

某乎　5856 个回答　3962 个关注

@ 邢岫烟
6532 个人赞了该回答

一同携了来。湘云怒道："等我问问二姐姐去！"宝钗忙一把拉住，劝之再等等罢。

**评论 5435**

写评论

倪二：
你嫁得如意郎君，生活滋润无比，过去的苦不必提。

薛蟠回复倪二：
倪大哥当年是酒局上的传说，酒桌上认识不少院系的豪杰。

倪二回复薛蟠：
我现在可喝不动啦，现在是保温杯里泡枸杞。

怡红公子：
岫烟学姐刚好和我同天生日，咱俩还一起过过生日呢！

薛宝琴回复怡红公子：
带我一个。

蘅芜君：
回想那一段日子，真是感慨万千呐。

邢岫烟回复蘅芜君：
多谢宝姐姐一直以来的帮助和照顾，岫烟铭记在心。

# 在南京大学过一天是种怎样的体验？

某乎　6543 个回答　5683 个关注

@ 倪二

2753 个人赞了该回答

＋ 关注

　　倪二和实验室师兄约好今晚涮火锅喝酒。回到宿舍，贾芸在和小红视频聊天，二人低头自习，偶尔喝水时抬头看看屏幕里的对方。

　　倪二心想：火锅要人多才热闹，就约贾芸一起来。电脑那头的小红听到火锅，也要来聚餐。晚六点，小红带上室友佳慧前来赴宴，众人前往学校对面的火锅店。

　　小红、贾芸、倪二都是擅言谈的大方爽利人，火锅还没沸腾，大家就熟络起来了。因为两个女生在，师兄明天还要实验，今晚就没喝酒。

　　柔韧的毛肚在红汤里翻飞，鲜嫩的虾滑在白汤里碰撞。吃货佳慧不停涮肥牛，埋头猛吃。贾芸高谈阔论，从美丽国局势对出国留学的影响，谈到国内就业和考研大形势。物理学院的小红和师兄谈到实验室遇到的困难，得知研究方向相近，想向师兄借仪器还有样品。

　　杯盘狼藉之势渐显，火锅汤的高度渐渐下降。大家相谈甚欢，倪二趁着吃得痛快开心之际，用奖学金请客。

　　大家纷纷向倪二道谢，回宿舍前还纷纷约好下一次聚餐是吃烤肉还是水煮鱼。

# 在南京大学过一天是种怎样的体验？

某乎　　3726 个回答　　7582 个关注

 @ 现充贾芸

2378 个人赞了该回答

　　7：00 起床，给小红发微信道早安，解释为什么昨晚说了睡觉后一小时又给贾宝玉的朋友圈点了赞。

　　7：25 在二栋楼下等小红。

　　7：30 陪小红吃饭，送小红去教室。

　　8：00 抢寒假火车票；上课。

　　10：00 小红发消息说今天有点忙，晚上见面，并附赠一个么么；回复小红两个么么。

　　12：20 吃午饭。

　　14：00 在图书馆干 ddl。

　　18：20 吃晚饭。

　　19：00 打球。

　　20：30 回宿舍洗澡换衣服。

　　21：00 出门买奶茶，接小红下课。

　　21：20 转操场；讨论平安夜及圣诞节计划；试图向小红套出新年惊喜是什么，未果。

　　21：50 回宿舍，洗漱。

　　22：30 微信上和小红道晚安，睡觉。

# 在南京大学过一天是种怎样的体验？

某乎  2963 个回答  6976 个关注

@ 黛玉
3452 个人赞了该回答

+ 关注

　　林黛玉早上起来看见阴雨绵绵，又见满路上掉落的花朵树叶被踩成烂泥，心情又更加郁闷了起来。

　　看着一旁睡死的湘云，"算了，睡吧睡吧，这样的天何必早起自寻烦恼"。内心这样想着，便出门了。

　　身为环境协会的会长，黛玉从 6 栋走到文学院、新媒体学院，一路上记录了校园植物的状态。冬天到来，草木皆失去了生气，黛玉不禁落下泪来。

　　下午湘云躺在床上追剧，见黛玉进门，请黛玉把零食递到床边。黛玉无奈留下狠话："我要是下次还递给你，再不活着"，一边把零食拿给了湘云。

　　夜晚，黛玉悠悠地散步到了众创空间，去上"书画的创意凝练与工艺呈现"课程。两小时过后，再出教室，已可看到月亮高挂。黛玉看着那满月，不禁想起那遥远的苏州以及见不到的家人。感伤之际，电话响起，只听见湘云那头传来："欸，黛玉你在 23 栋那吗？帮我带份烤冷面回来吧！"

# 在南京大学过一天是种怎样的体验?

某乎　3927 个回答　7493 个关注

@ 贾惜春
6680 个人赞了该回答

＋ 关注

　　昨晚是平安夜，可是惜春过得一点也不平安，贾母不停催促大观园的图要抓紧，最好期末前画出来。于是自己熬了大半夜，总算是把宝琴抱红梅的那一幅赶好了。
　　谁知电脑突然死机了，一直停在自动修复的页面上。惜春的脑子霎时就懵了，这学期所有的笔记、论文、PPT 都在上面呢，可不能坏了。现下自己又没有办法，只得给珍大哥打电话，珍大哥让她看看手机里有没有备份文件。果然有，惜春心里的石头算是落地了，昏昏沉沉爬上床睡觉，心想，明儿去把电脑修修吧。

**评论 2937**

　　写评论

**黛玉：**
我当日说错了，这大观园图原来不止二年工夫。又要鼠绘，又要上色，又要渲染，电脑时不时坏掉还要等着修，画好了还要等这电脑慢慢地导出，四十年工夫都不止呢。

**宝玉：**
这园子太大太难画了，倒不是四妹妹故意"慢慢"画。

 ＋ 关注

△4281　▽　☆7153　💬6325

# 在南京大学过一天是种怎样的体验?

某乎    4235 个回答    6386 个关注

---

 @ 贾宝玉

8352 个人赞了该回答

➕ 关注

　　睡到日上三竿的宝玉和秦钟想去仙林中心去吃午饭,但还未出校门,元春便已闻讯而至。

　　大姐姐板着脸,恨铁不成钢地戳着这个混世顽童的脑门,怒叱道:"若非茗烟那小子偷着告诉我,我还不知你竟如此荒诞!都到这时了,竟还不能收心温书,考试前且消停些罢,待你考完了,便是上天去我也不管了!"宝玉虽一向无法无天,却是对如姐如母的大姐姐有些犯怵,只得被元春押着,改道去杜厦图书馆。

　　宝玉向来最厌恶仕途,奈何被贾政逼着学了法,昏昏沉沉地读了大半日经济法、合同法,晚上走出图书馆时,已然有些神志不清,冷风一吹才清醒了些。

　　匆匆赶去四食堂吃了碗三鲜米线,便直奔回 5 栋宿舍,势要收拾告密的茗烟那小子去了,又是闹得鸡飞狗跳才睡。

**评论 6925**

 写评论

 茗烟:
二爷下回可别这样了!

# 在南京大学过一天是种怎样的体验？

某乎  4357 个回答  5672 个关注

 @ 薛宝钗
8735 个人赞了该回答

＋ 关注

  下午上课，老师讲经世致用，我认真做笔记。要是宝玉那厮肯学些有用的东西，不天天和女同学混在一起，也不至于被他爹提着棍子追打……听课听课，想他作甚。

  晚上回宿舍，我发现黛玉在看某种书。我好言相劝："黛玉啊，谁年轻时没看过这些书，但女孩子要矜持，你放心，我没想干涉你和宝玉啊。"黛玉的气平顺了，不怼不尖刻了，不含沙射影、冷嘲热讽了，宿舍和谐了。她亲热地凑上来唤我姐姐。

  凌晨，黛玉一直在咳嗽。她的宝哥哥给她打电话，问她醒了几次，咳了几遍，软声软语哄她吃药。我也咳嗽，自己悄悄爬下床，摸黑翻出一粒冷香丸，吃了接着睡觉。

  悄悄地，枕边掉了一滴泪，没人瞧见。世上女子，谁不想要举案齐眉、言和意顺的郎君，但天地为炉，众生煎熬，谁又不是意难平。我学不会铁石心肠、风雨不动，我怨自己，偏偏有情。

  终究，终究，不知心恨谁。

# 在南京大学过一天是种怎样的体验?

某乎　5628 个回答　4769 个关注

 @ 史湘云
9346 个人赞了该回答

　　被翠缕的电话叫醒后,湘云想起昨晚在某乎上写的文章:"女汉子是怎样炼成的"。作为"某乎达人"的她,早已习惯"上千"的点赞。

　　她欢喜地翻阅评论时,冷不丁地摸着一个鸳鸯戏莲的眼罩,必是宝姐姐特意做给她的。湘云向屋里喊:"宝姐姐?"没人作答,湘云没多想,洗漱完,赶着上"语言学概论"去了。

　　晚间,湘云仍不见宝姐姐,抓住翠缕问:"宝姐姐怎么一天都不见人影?"翠缕面色迟疑道:"宝姐姐不叫我和你说真话,怕你性子憨直,惹出事儿来。今儿早上,宝玉早早约了她出去,他到底和林黛玉复合了,想和宝姐姐和平分手。宝姐姐性子稳,当下没哭闹,只是心下里不堪是免不了的,课也无心上了,现在回薛阿姨那里歇着了吧。"

　　湘云听完邪火乱窜,痛怜宝姐姐。当下里突然听见一阵笑语,抬头一看恰是那两个,湘云暗道:"好啊,我不去找你们,你们倒自己上门来了。"便直蹬蹬往贾林二人处去,翠缕拦都拦不住……

延伸阅读本回《红楼梦》

## 主编有话说

这次花式作业的题目是红楼人物在南京大学的一天。

具体要求是：选择一位红楼人物，请描述其在南京大学一天的生活，要求里面提到的课程、地点等信息是真实的。字数在二三百字。

之所以布置这样一个看起来一点都不花式的作业，与我提倡的阅读理解《红楼梦》的方法有关。《红楼梦》是一部描绘日常生活的小说，具有逼真的艺术效果，应该将其中的人物还原到日常生活中，作为我们身边的同学或朋友看待，这样就很容易通过其喜怒哀乐、悲欢离合来理解他们的所作所为。

现在有不少人研究《红楼梦》"走火入魔"，作品里人物的每一个动作每一句话好像必定蕴含着什么大道理和深刻的寓意。走到极端就是阴谋论，似乎《红楼梦》里的每个人物都是阴谋家，一开口说话背后肯定有动机。这完全不符合人情世故，我们在生活中是这样和身边每个人每时每刻斗心眼、玩阴谋吗？

之所以要求里面的课程、地点等信息必须是真实的，一方面是为了好玩，另一方面是为了达到一种逼真的效果。那就是《红楼梦》里的人物在南京大学的校园里无处不在，你走在哪里都可以遇到他们，阅读欣赏《红楼梦》没有那么复杂。

看到同学们的作业，我感到有些震撼。一下子分不清这到底是红楼人物一天的生活，还是他们自己一天的生活，实在是太真实了。他们仿佛就在南京大学的教室里、图书馆里、食堂里或者门口的小饭店、小商店里。他们可能是学霸，也可能是学渣，有着属于自己的各种烦恼和欢乐。

尽管文学要高于生活，作品中有虚构和夸张的成分，但要理解文学，则必须从理解日常生活开始。一个连基本的人情世故都不懂的人是无法深入理解《红楼梦》的。

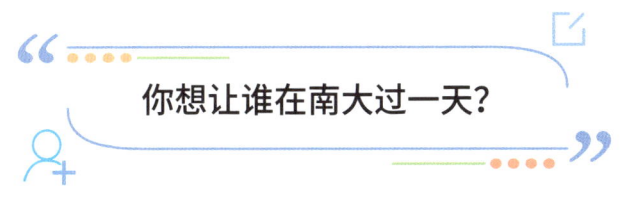

## 邀请回答

邀请　　推荐　　视频回答

**在南京大学过一天是种怎样的体验？**

这是一幅由《红楼梦》各回章节标题密集排布组成的艺术图,中央有"红楼灵梦"字样的印章图案。以下是可辨识的回目标题(部分重复出现):

- 听曲文宝玉悟禅机 制灯谜贾政悲谶语
- 小巧想借剑杀人 觉大限吞生金自逝
- 温情人情误思游艺 鹣雅女雅集吟咏诗
- 怡红院 牡丹亭艳曲警芳心
- 王熙凤正言弹妒意 林黛玉俏语谑娇音
- 诉肺腑心迷活宝玉 含耻辱情烈死金钏
- 王熙凤弄权铁槛寺
- 秦鲸卿夭逝黄泉路
- 投鼠忌器宝玉瞒赃 判冤决狱平儿行权
- 厚姨女恐蒙羞情 欺幼主刁奴蓄险
- 林如海捐馆扬州城 贾宝玉路谒北静王
- 贤袭人娇嗔箴宝玉 俏平儿软语救贾琏
- 庆寿辰宁府排家宴 见熙凤贾瑞起淫心
- 大观园试才题对额 荣国府归省庆元宵
- 前莆君兰词解疑癖 潇湘子雅谑补余香
- 俏平儿情掩虾须镯 勇晴雯病补雀金裘
- 贾元春才选凤藻宫 秦可卿夭逝黄泉路
- 贾夫人仙逝扬州城 冷子兴演说荣国府
- 训劣子李贵承申饬 嗔顽童茗烟闹书房
- 秦可卿死封龙禁尉 王熙凤协理宁国府
- 甄士隐梦幻识通灵 贾雨村风尘怀闺秀
- 贾雨村夤缘复旧职 林黛玉抛父进京都
- 林潇湘魁夺菊花诗 薛蘅芜讽和螃蟹咏
- 魇魔法姊弟逢五鬼 通灵玉蒙蔽遇双真
- 薄命女偏逢薄命郎 葫芦僧乱判葫芦案
- 琉璃世界白雪红梅 脂粉香娃割腥啖膻
- 滴翠亭宝钗戏彩蝶 埋香冢飞燕泣残红
- 识分定情悟梨香院 绣鸳鸯梦兆绛芸轩
- 芦雪广争联即景诗 暖香坞雅制春灯谜
- 比通灵金莺微露意 探宝钗黛玉半含酸
- 贾宝玉初试云雨情 刘姥姥一进荣国府
- 王熙凤毒设相思局 贾天祥正照风月鉴
- 送宫花贾琏戏熙凤 宴宁府宝玉会秦钟
- 游幻境指迷十二钗 饮仙醪曲演红楼梦
- 白玉钏亲尝莲叶羹 黄金莺巧结梅花络
- 贾宝玉奇缘识金锁 薛宝钗巧合认通灵
- 庆寿辰宁府排家宴 见熙凤贾瑞起淫心
- 金寡妇贪利权受辱 张太医论病细穷源
- 茉莉粉替去蔷薇硝 玫瑰露引来茯苓霜
- 林黛玉重建桃花社 史湘云偶填柳絮词
- 王熙凤毒设相思局 贾天祥正照风月鉴
- 因麒麟伏白首双星 听曲文宝玉悟禅机
- 撕扇子作千金一笑
- 宝钗借扇机带双敲 龄官画蔷痴及局外
- 变生不测凤姐泼醋 喜出望外平儿理妆
- 享福人福深还祷福 痴情女情重愈斟情
- 绣鸳鸯梦兆绛芸轩 识分定情悟梨香院
- 赴家宴宝玉会秦钟
- 憨湘云醉眠芍药裀 呆香菱情解石榴裙
- 宝钗借扇机带双敲 龄官画蔷痴及局外
- 秋爽斋偶结海棠社 蘅芜苑夜拟菊花题
- 诉肺腑心迷活宝玉 含耻辱情烈死金钏
- 错里情困惑痴情女 错劝哥哥
- 柳叶渚边嗔莺咤燕 绛云轩里召将飞符
- 手足眈眈小动唇舌 不肖种种大承笞挞
- 白玉钏亲尝莲叶羹 黄金莺巧结梅花络

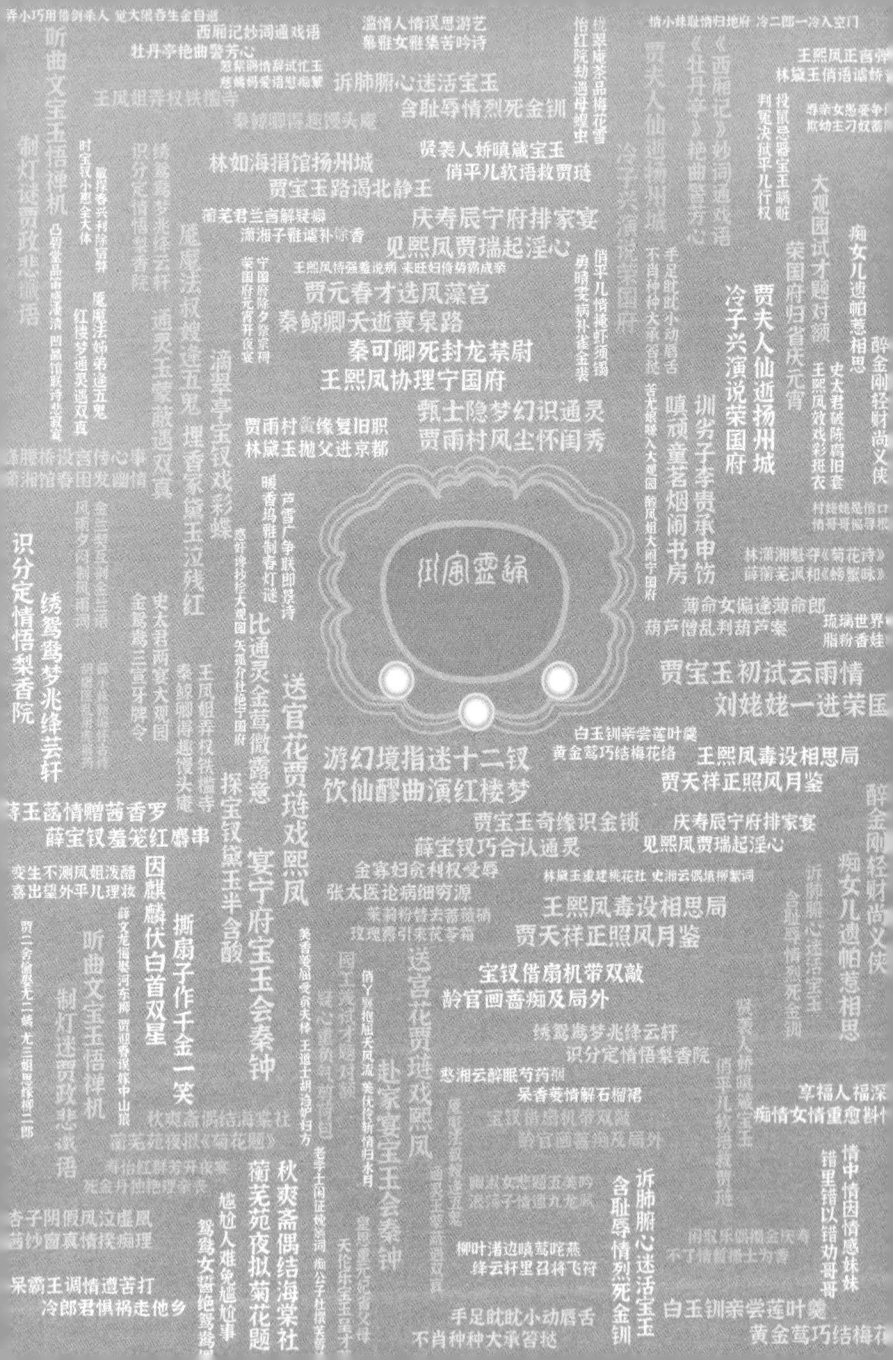

这是一张以《红楼梦》回目为内容的艺术文字图，文字密集排列，以下按大致可辨识的回目抄录：

- 听小巧用借剑杀人 觉大限吞生金自逝
- 西厢记妙词通戏语 牡丹亭艳曲警芳心
- 温情人情误思游艺 慕雅女雅集苦吟诗
- 情小妹情归地府 冷二郎一冷入空门
- 王熙凤正吞醋 林黛玉俏语谑娇音
- 诉肺腑心迷活宝玉 含耻辱情烈死金钏
- 王熙凤弄权铁槛寺 秦鲸卿夭逝黄泉路
- 贤袭人娇嗔箴宝玉 俏平儿软语救贾琏
- 投鼠忌器宝玉瞒赃 判冤决狱平儿行权
- 制灯谜贾政悲谶语
- 林如海捐馆扬州城 贾宝玉路谒北静王
- 庆寿辰宁府排家宴 见熙凤贾瑞起淫心
- 大观园试才题对额 荣国府归省庆元宵
- 痴女儿遗帕惹相思
- 蘅芜君兰言解疑癖 潇湘子雅谑补余香
- 贾元春才选凤藻宫 秦鲸卿夭逝黄泉路
- 冷子兴演说荣国府
- 史太君破陈腐旧套 王熙凤效戏彩斑衣
- 醉金刚轻财尚义侠
- 埋香冢飞燕泣残红
- 王熙凤恃强羞说病 来旺妇倚势霸成亲
- 秦可卿死封龙禁尉 王熙凤协理宁国府
- 训劣子李贵承申饬 嗔顽童茗烟闹书房
- 贾雨村夤缘复旧职 林黛玉抛父进京都
- 甄士隐梦幻识通灵 贾雨村风尘怀闺秀
- 林潇湘魁夺菊花诗 薛蘅芜讽和螃蟹咏
- 薄命女偏逢薄命郎 葫芦僧乱判葫芦案
- 琉璃世界 脂粉香娃
- 识分定情悟梨香院
- 绣鸳鸯梦兆绛芸轩
- 史太君两宴大观园 金鸳鸯三宣牙牌令
- 比通灵金莺微露意 探宝钗黛玉半含酸
- 贾宝玉初试云雨情 刘姥姥一进荣国府
- 薛宝钗羞笼红麝串
- 宴宁府宝玉会秦钟
- 游幻境指迷十二钗 饮仙醪曲演红楼梦
- 薛宝钗奇缘识金锁
- 白玉钏亲尝莲叶羹 黄金莺巧结梅花络
- 王熙凤毒设相思局 贾天祥正照风月鉴
- 变生不测凤姐泼醋 喜出望外平儿理妆
- 薛宝钗奇缘识金锁 贾宝玉奇缘识通灵
- 庆寿辰宁府排家宴 见熙凤贾瑞起淫心
- 醉金刚轻财尚义侠 痴女儿遗帕惹相思
- 诉肺腑心迷活宝玉 含耻辱情烈死金钏
- 因麒麟伏白首双星
- 撕扇子作千金一笑
- 金寡妇贪利权受辱 张太医论病细穷源
- 林黛玉重建桃花社 史湘云偶填柳絮词
- 王熙凤毒设相思局 贾天祥正照风月鉴
- 享福人福深 痴情女情重愈斟情
- 听曲文宝玉悟禅机 制灯谜贾政悲谶语
- 宝钗借扇机带双敲 龄官画蔷痴及局外
- 绣鸳鸯梦兆绛芸轩 识分定情悟梨香院
- 秋爽斋偶结海棠社 蘅芜院夜拟菊花题
- 赴家宴宝玉会秦钟
- 忧湘云醉眠芍药裀
- 香菱情解石榴裙
- 错里错以错劝哥哥
- 杏子阴假凤泣虚凰 茜纱窗真情揆痴理
- 呆霸王调情遭苦打 冷郎君惧祸走他乡
- 秋爽斋偶结海棠社 蘅芜院夜拟菊花题
- 送宫花贾琏戏熙凤 赴家宴宝玉会秦钟
- 柳叶渚边嗔莺咤燕 绛云轩里召将飞符
- 诉肺腑心迷活宝玉 含耻辱情烈死金钏
- 手足耽耽小动唇舌 不肖种种大承笞挞
- 用较乐倒谰金庆亦 不了情暂撮土为香
- 情中情因情感妹妹 错里错以错劝哥哥
- 白玉钏亲尝莲叶羹 黄金莺巧结梅花络

（中央椭圆形图案内有篆体字样）

上回书说到,"红楼梦中人"锦鲤活动圆满落幕,贾府人人耽于微信聊天发朋友圈,竟发掘出"晃一晃"等诸多社交功能。更有甚者,下载了"某探"交友软件,整日沉迷网络交友,诸事不顾。

大观园群芳此时方惊觉贾府之外的大千世界竟然这般精彩,有趣之人比比皆是,兴趣相投之友甚合己意。再审视一番自己的姻缘定数,忽然心内十分悲戚,为自己不如意的婚姻/恋情伤心流泪。

且说凤姐某日闲来无事划到一人,只见个性签名赫然写着:"宁教我负天下人,休教天下人负我",顿时感叹欣赏不已,加了微信,聊得入港,恨不得立马相见。再说那黛玉偶然见朋友圈刷屏转载《洛神赋》,为其文采倾倒,回头再看宝玉写的歪诗,心中更加赌气,干脆费尽辛苦加了作者微信。然而网络世界不见对方面目,朋友圈自拍也不十分可信,各位佳人只能徒增感伤。

擅长投机牟利的苗怀明听闻此事,灵光一现,激动不已,赶忙抢注南大红楼婚姻介绍所营业执照,专门给十二钗各地觅夫婿,趁此机会大发一笔横财。领着一帮学生逃出南京大学,风风火火地办起了红楼婚姻介绍所。

美其名曰婚姻介绍,其实学生们暗中满足自己的私心,把平日里觉得般配的、郎才女貌的、自己喜欢的人们全凑在一起,这些个学生,自己脱单的没几个,倒是天天忙着为别人操心感情问题。"苗大王"首先为学生们正名:万变不离其宗,学生们无非"意淫"二字。

请来警幻仙子发表一番演讲,警幻道:"天分中生成一段痴情,吾辈推之为'意淫'。'意淫'二字,惟心会而不可口传,可神通而不可语达。汝今独得此二字,在闺阁中,固可为良友;然于世道中未免迂阔怪诡,百口嘲谤,万目睚眦。"

既然如此，拉郎配也便是万代不朽之功名事业。

于是预备冲进世界五百强企业的红楼婚姻介绍所就定在这大吉大利、有着"圆（注）满（定）幸（单）福（身）"美好寓意的"双十一"正式揭牌开张。这些学生们也都是些富贵闲人，且深得苗大王忽悠神技真传，摇身一变，立马都成了资深级红娘月老，牵线搭桥玩得比那些个身经百战的媒人还老成。

然而，金陵十二钗的钱也不是那么好赚的，她们说什么也不接受异国恋情，更不接受现代人。原号称"静待花开"的大势"伏黛"粉红楼梦碎，伤心不已，只好在中国古代小说中寻找起如意郎君来。

还有些人一做起媒人就入戏，立马开始相信什么生辰八字、姻缘前定，嚷嚷着什么"破坏了命缘要遭天谴的！"虽然21世纪不倡导搞这些虚头巴脑的玩意儿，但这些快被抓进精神病院改造的"算命先生们"说话倒还有几分有趣，下面让我们切到"红楼相亲大会"的节目现场，看一看十二金钗芳心属谁？

**01 宝钗**

家里曾经商,富甲一方,奈何父亲早逝,只能投奔京城亲戚家,有老母亲与哥哥(有案底)。

原生家庭的缘故,我比较早熟早慧,精通女工,但在内敛稳重、自我袒露度较低的外表之下,仍有一颗小女儿的心。

我的生活秉持"极简主义",对生活的期许也是积极用事但保持一份圆融与淡薄。

希望我的另一半家境清白、小有资产、性格直爽、有责任心、有担当,能够有自己的职业规划。拥有稳定工作,所谓"好风凭借力,送我上青云",相信我们能合力经营好自己的生活。

# 苗一刀TV

周一 18:18 红楼相亲大会

1 周瑜　字公瑾，庐江舒县人氏　男嘉宾

自幼研习兵法，略通经史，虽不敢自称有才华，
却也心怀壮志，渴望一展宏图。
我家世较好，然我深知，功名非祖荫可保，
需以才德服人，以智勇立世。
我性情豁达，好结交天下英雄，
无论是沙场上，还是朝堂内，皆能以诚相待。
驰骋在外，我的心中亦有柔软之处，虽身处乱世，却心怀家国天下。
我之伴侣，定需与我志同道合，既能共赏春花秋月，
亦能同担风雨飘摇，唯愿她温婉大气，
善解人意，能与我并肩携手，共度此生。
当然，若能有些许才情，那更是锦上添花。
我名周瑜字公瑾，这就是两个玉字，你我怎么不算金玉良缘？
宝钗，我愿助你实现"上青云"之志！

# 苗一刀TV

周一 18:18　红楼相亲大会

② 卢俊义　人称玉麒麟　男嘉宾

我虽生于梁山泊之外，却心向江湖，情系天下。
我武艺高强，枪棒无双，曾威震河北。
但这铁骨铮铮之下，藏着一颗细腻的心。
我渴望能与佳人共度晨昏。
我虽舞刀弄枪，却也有儒雅追求。
对于未来伴侣，只愿她心地善良，
知书达理，能与我心意相通，
共同经历生活的风雨。
若能有些许武艺，可以与我切磋几番，
那自然是再好不过。
这金玉良缘明明说的是我玉麒麟卢俊义！
既然木石前盟不可拆，
那么便同我结金玉良缘吧！
宝钗，你随我去做梁山泊二夫人吧！

# 苗一刀TV

周一 18:18 红楼相亲大会

3 刘备　字玄德,出身布衣,志在千里　男嘉宾

虽非生于显赫之家,但我自幼便知世事艰辛,更懂人情冷暖。
我深信,以德服人,方能得天下。
在江湖行走多年,我始终秉持仁义之心,
广结英雄豪杰,共谋大业。
我虽不才,但也曾三顾茅庐,求得卧龙先生诸葛亮出山相助。
这份坚持与执着,
同样会体现在我对待感情的态度上。
若与你相遇,我必会全力以赴,
用心去呵护这份来之不易的缘分。
你我两人皆具儒雅,
顺从聪慧的你是个传统的人,我也一样。
宝钗,你把家务事处理妥当,
我去外面打拼,让我们相敬如宾过一辈子吧!

**苗一刀TV** 周一 18:18 红楼相亲大会

## 02 黛玉

细腻蝴蝶 INFP 一枚,江浙沪独生女,父母双亡但家底尚在。
早年原生家庭幸福,父母恩爱。
先父曾任职于扬州,担任巡盐御史。

**苗一刀TV** 周一 18:18 红楼相亲大会

曾有人评价我"闲静似娇花照水,行动似弱柳扶风",
身体素质一般,但也在调养中。

苗一刀TV　　　　　　　　　　　周一 18:18　红楼相亲大会

我性格率真直爽，相处久了会发现是活泼的搞笑女。
喜欢琢磨诗歌，也会玩玩琴，也略通四书五经。
曾以笔名"潇湘妃子"发表《葬花吟》《咏白海棠》等诗歌多首。

苗一刀TV　　　　　　　　　　　周一 18:18　红楼相亲大会

希望我的另一半既是爱人也是知己，能够坦诚豁达，富有才情，
愿意包容我偶尔冒出来的小情绪，懂我的内心世界，
我也愿意做你的解语花，相知相亲。

# 苗一刀TV

周一 18:18 红楼相亲大会

**1 孙悟空** 花果山山大王,齐天大圣 **男嘉宾**

想当年,俺大闹天宫,斗战群神,一根金箍棒,横扫十万天兵。
如今,俺愿放下金戈铁马、修炼自我,
只为寻一知心伴侣,共度这岁月。
九九八十一难,磨炼了俺的心志,更沉淀了俺的灵魂,
俺虽为猴王,但亦是"斗战胜佛",
心中有降妖除魔,更有诗和远方。
俺愿做你的守护神,无论风雨雷电,都护你周全,
愿你能懂俺的心,能与俺志同道合,共同探索这广阔无垠的世界。
当然,如果你能懂俺的幽默,与俺一起嬉笑怒骂,那就更完美了!
俺生于一块顽石,从石头缝里蹦出来,
这也算是木石前盟的另一种打开方式。
黛玉,你身体不好做不了家务,
俺拔毫毛变出108个小猴照顾你!

# 苗一刀TV

周一 18:18　红楼相亲大会

**2 曹植**　字子建,曹魏之才子　**男嘉宾**

阴差阳错生于皇室,我却不善权谋,醉心文学,寄情于文章之间。
我曾七步成诗,才情横溢,却不愿将其付诸权术之间,
更想为你描绘世间美好,书写我们共同的未来。
我的笔下有山河壮丽,有云水禅心,更有对你深深的爱慕。
我不是典型的"文艺男",我知道爱情不仅仅是风花雪月,
更是相知相守,共度风雨。
我愿以我的真诚与行动,为你撑起一片天空,
让你在人生的旅途中,感受到温暖与依靠。
你我两人同样诗才洋溢,秉性浪漫,天造地设一对佳人。
让我们一起整日吟诗作文,
忘却悲伤烦恼,远离朝堂风波。
黛玉,"天下才共一石,曹子建独占八斗",
我们也算的上是百分之八十的木石前盟!

**03 元 春**

"官二代"家庭出身,本人官至凤藻宫尚书,皇家俸禄自是丰厚无比。

我自幼饱读诗书,文采飞扬。心怀家国天下,能以大局为重,牺牲小我,成就大我。
对家人朋友关怀备至,总能在细微之处给予温暖与鼓励。

平日喜好诗词歌赋、琴棋书画、品茶论道,大家评价我举止端庄,言谈文雅,尽显大家闺秀之风范。

希望能有一位志同道合的伴侣,有共同的文化追求和人生理想。家庭背景虽非必需,但希望能有相似的成长环境和价值观。

# 苗一刀TV

周一 18:18 红楼相亲大会

**1 孙权** 字仲谋,东吴之主 男嘉宾

我生于江东,长于乱世,
自幼饱经世间动荡,更懂治国安邦之道。
权力与责任令人振奋,亦令人疲累,我也渴望一份真挚的情感,
一个能懂我、陪我的伴侣。江东浩浩,我热爱这片土地,
它见证了我的成长、奋斗与成就。
我希望能与你一同漫步于长江之畔,
共赏波光粼粼,感受那份我亲手打下的宁静与壮阔。
我也愿意与你分享我的治国理念,
听取你的见解,因为你不仅是伴侣,更是我生命中的良师益友。
对于未来伴侣,我期望她既有巾帼不让须眉之勇,又有温婉贤淑之美。
她能够理解我的忙碌与压力,也能在我需要时给予我温暖与支持。
你饱读诗书,心怀国家天下,还是随我继续进宫做娘娘的好。
我吴国雄踞江南,经济发达,首都建邺(南京),
离你的娘家人很近,避免思乡之苦。
元春,母仪天下的你配雄才大略的我,我们也算的上是天生一对!

苗一刀TV　　　　　　　　　　周一 18:18 ｜红楼相亲大会

2　司马懿　字仲达　　　男嘉宾

史书形容我"非池中之物"，
但我的内心深处，希望在纷繁复杂的世界中，
追寻一份纯粹的情感。我性情内敛，热爱思考，不喜张扬，
但在我沉静的表面下，
藏着的是对事物的深刻洞察和对未来的长远规划。
我希望能与你一起，探讨人生哲理，规划未来蓝图。
在我眼中，你不仅是我的伴侣，
更是我生命中不可或缺的智囊与知己。我是"纯爱战士"，
但我知道爱情需要真诚的经营，我愿用实际行动赢得你的信任；
也期待你能理解我的并不那么阳光与通透的内心，
共同创造属于我们的默契与和谐。
我是重要谋士和将领，对国家和家族有着强烈的责任感；
你是贾府荣耀的寄托，在宫廷中更是肩负着家族使命。
元春，我欣赏你的才情、远见，也洞察你的隐忍与不易。
相信你也是一样，请牵起我的手！

苗一刀TV 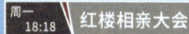 红楼相亲大会 周一 18:18

**04 湘云**

快乐小狗 ENFP 一枚，父母于我尚在襁褓时已经去世，我在叔叔婶婶的抚育下长大。虽说生活有颇多不如意，但我仍然快乐、恣意、潇洒，拥有极强的生命力。

苗一刀TV 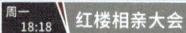 红楼相亲大会 周一 18:18

作为超绝 e 人，我性格活泼，喜欢说话，有点大大咧咧。我还是一个"男装大佬"，穿男装会让我感觉自由自在。纯属个人审美，介意者绕道！

"厮配得才貌仙郎,博得个地久天长"是我的择偶愿景。
虽然听起来有些浪漫主义,但我始终坚持不为瓦全。

希望我的另一半是个有趣的"活人",愿意陪我亦俗亦雅。
"是真名士自风流"——可以吟诗作画,赏月烹茶;
也可以大口啖鹿肉,大口品美酒,期待我们未来一同解锁无穷乐趣。

苗一刀TV

周一 18:18　红楼相亲大会

**1 赵云** 常山人氏，人称"常胜将军" **男嘉宾**

战场上，我枪出如龙，所向披靡，
愿以一己之力护得主公和百姓安全。
我性情豪爽，待人真诚，不喜矫揉造作，
但我内心的温存与波澜也想有人分享。
我愿以最真实的自我面对你，用我的真诚与勇敢，赢得你的喜欢！
我赵云虽以武勇闻名，但心向柔情。
若你愿与我共度此生，我愿以我的全部，
包括这身龙胆之气与满腔温情，作为我的聘礼。
你是那夏日天空活泼自由的云，
我就是那秋日苍穹恣意卷舒的云。
侠义心肠，义薄云天，我们的"双云合璧"定能收获美好的结局！
湘云，愿我们红尘作伴，活得潇潇洒洒，
相信我们俩之间的情意将超越普通的男女之情，
成为彼此生命中不可或缺的支柱！

**2 孙策** 字伯符,江东小霸王　　男嘉宾

生于乱世,长于烽火。
我愿寻觅那能与我共赏江东美景、同创盛世霸业的伴侣。
我是"阳光男大",自幼便怀有凌云之志,
誓要在这乱世之中闯出一片天地。
战场之上,我英勇善战,所向披靡,
以少胜多,屡建奇功。在这铁血与荣耀的背后,
我也藏着一颗渴望安宁与温情的心。
我渴望在刀光剑影之外,能与心爱之人共度平凡而温馨的日子。
我性情豪爽,待人真诚,不拘小节。
期待你也是爽朗、豁达、乐观与野心勃勃的。
我喜欢有生命力的女孩,愿我们携手并肩,共赴人生的山川湖海。
你秉持着一种积极向上、勇于追求梦想的价值观。好巧,我也是!
湘云,愿我的勇猛和决断可以为你提供奔赴未来的安全感,
让你毫无后顾之忧地做自己。

苗一刀TV 周一 18:18 红楼相亲大会

## 05 探春

贾府三小姐，庶出之女。虽没有正式工作，却有卓越的管理才能，
在代凤姐理家时展现非凡能力，深受家族内外赞誉。
平时喜欢诗词歌赋、书法。

苗一刀TV 周一 18:18 红楼相亲大会

自幼在贾府接受严格礼教及文化教育，
诗词歌赋、琴棋书画皆有涉猎，尤擅书法，
更在家族事务中历练成长，拥有独到的见解与判断力。

**苗一刀TV**     周一 18:18 红楼相亲大会

希望我的另一半能和我有共同的文化追求和人生理想。
他需具备独立自主的个性与强烈的责任感,
能与我一同面对生活的挑战。

**苗一刀TV**     周一 18:18 红楼相亲大会

最关键的是能懂得欣赏我的才华与努力,
可以在精神上给予我支持与鼓励。

# 苗一刀TV

周一 18:18 红楼相亲大会

**1 诸葛亮** 字孔明,号卧龙 男嘉宾

躬耕南阳,心怀天下。我诸葛亮虽身处草庐,却心系苍生,
渴望有朝一日能施展才华,安邦定国。
因此,我能沉潜底层,独善其身;亦能不骄不躁,辅佐大业。
我性情沉稳,内敛而不失锋芒,善于观察,长于思考。
我希望我的爱情中,有那份对知识的渴望,
对生活的热爱,以及对未来的憧憬。
我期待与你并肩站立,成为最好的"战友",
共同面对生活的风雨与挑战,
在彼此疲惫时给予温暖的怀抱。
你勇于承担家族责任,努力改善家族状况;
正如我为蜀汉鞠躬尽瘁,死而后已。
你在改革中展现出非凡的管理才能和敏锐的洞察力,
我在三国纷争中展现出了智慧与谋略,不可谓不配~
探春,愿与你组成最强大脑cp,
成为突破人类智慧极限的夫妻组合!

# 苗一刀TV

周一 18:18 红楼相亲大会

**2 鲁肃** 字子敬

男嘉宾

生于江东，长于礼仪之家，缘分使然，
让我有幸步入这相亲的殿堂，
我愿以一颗诚挚之心，一身儒雅之气，
寻觅那能与我共赏春花秋月、同历人生风雨的伴侣。
我虽无武将之勇，却以智谋见长。
我深知和平之珍贵，故常怀包容之心，
力求以和为贵，化干戈为玉帛。
我性格温和，待人接物皆以诚为本，
不轻易与人争执，更愿以理服人，以德化人。
然而，在这纷纷扰扰的社会中，我深感险恶，
愿得一位果断、敏捷、善辩、聪颖的"大女主"，做我的灯塔。
探春小姐的直率和决断可以与我的温和与包容相互平衡，
相信我们在面对问题时能够既有决断又不失考量。
探春，你是我人生蓝图中不可缺少的那一个点位，请你罩着我！

**06 王熙凤**

我目前的职务是贾府首席执行官,月收入 5 两银子,兼有办理贷款等副业的收入。平时喜欢莳花弄草、戏曲鉴赏。

我性格比较精明干练,幽默风趣,也是一个坚韧不拔的人。希望我的另一半能和我有共同语言,共商家族大计。

他最好能具备良好的领导力和责任心。
希望他能和我有共同的价值观和目标，携手共创美好未来。

希望他智慧与权势并重，能够给婚姻带来实际的利益。
我虽然身处深宅大院，但能于细微处体察人心，
更在纷繁复杂的家族关系中游刃有余。
我渴望的，是一位能与我心意相通，共谋大业的伴侣。

苗一刀TV　　　周一 18:18　红楼相亲大会

1　曹操　字孟德　　男嘉宾

生于纷繁乱世，长于豪杰之林，我以雄才大略著称于世。
一生征战沙场，治理国家，深知世事如棋，局局新。
我的梦中人，是智慧与美貌并重的女子，
能在朝堂之上运筹帷幄，亦能在家宅之中温婉贤淑。
我期望的她，是一位能够洞察时局，与我共商大计之人。
在乱世洪流中，我们能携手并进，以智取胜，
共同开创属于我们的辉煌时代。
她应有着不输于我的战略眼光，能在关键时刻给予我支持，
让我们的联盟坚不可摧。
我渴望与她携手共度此生，无论是征战沙场还是治理国家，
都能相互扶持、共同成长。巾帼英雄何处觅，应是红楼梦中人！
相信你是一位既能与我并肩作战于沙场，
又能共赏春花秋月于庭院的伴侣。
熙凤，"宁教我负天下人，休教天下人负我"，
如果是你，我愿意让步。

苗一刀TV　　　　　　　　　周一 18:18　红楼相亲大会

**2 牛魔王**　翠云山之主，号平天大圣　**男嘉宾**

缘分让我有幸步入这相亲的殿堂，
我愿以我这铜皮铁骨、力拔山河之躯，携满腔豪情与不羁之心，
寻找那位能与我共赏山川、同游云海的伴侣。
我牛魔王，虽生于妖族，却自有一番英雄气概。
在妖界，我威名远扬，朋友遍天下，敌人亦敬畏三分。
我性格豪迈，不拘小节，但我更懂得珍惜与爱护身边的人。
若你成为我的伴侣，
我定会庇护你，尽享生活的美好与安宁。
我期望的你，定要有一颗善良、坚韧的心。
你能理解我的豪迈与不羁，也能包容我偶尔的粗犷与直率。
我是妖族之王，但我更愿做你生命中的守护神。
你是泼辣的当家"大女主"，也是我温柔的港湾。
熙凤，愿以我这平天大圣的威名与深情，
作为我向你求婚的承诺。

一四五

**07 惜春**

诸君好,我便是那贾府中的惜春,人称四姑娘。
自幼生长在这繁华的府邸之中,
虽有姐妹兄弟,却总觉得自己孤零零的。

我最喜绘画,常以笔下之物,寄托我那数不尽的哀愁。

我时常羡慕那些自由自在的鸟儿，可以飞向远方。

可我被"囚"于这深宅大院，独独守着这一桌画笔和纸墨，
但愿能寻得良人，共同远离这尘世纷扰。

苗一刀TV

周一 18:18 红楼相亲大会

王冕　字元章，号竹斋　男嘉宾

虽非显赫世家出身，却自幼酷爱诗书，
以笔墨为友，以山水为伴。
我热爱书画，常以笔墨抒发胸中之志；
亦善诗词，能以文字寄托情思。
我渴望的伴侣，是一位同样热爱文学与艺术的女子，
能与我在诗词的海洋中遨游，在书画的世界里共鸣。
若你同样向往"采菊东篱下，悠然见南山"的田园生活；
若你同样热爱文学与艺术，
渴望与一位才子共度余生。
那么请相信，我王冕，定是你寻觅已久的知音与伴侣。
你的画作曾令我在错位时空中驻足，
你的淡泊、纯粹和清雅亦让我倾倒。
惜春，期待与你相遇，
共赴这场跨越世俗的诗意之旅。

**08 妙玉**

我乃妙玉,自幼便遁入空门,如今带发修行,还未能了却尘缘。

我自苏州来,生于书香世家,通文墨、精茶道,
却终究是佛门内的一位畸人,
冷眼旁观这世事纷扰。

青灯古佛旁，谁才真正能懂我心？

我好洁成癖，乃一"槛外人"，若能觅得知音，
愿一同折梅赏雪，品茶看花。

**荀彧　字文若　男嘉宾**

虽非生于名门望族，我却自幼研习经史，致力于安定社稷，造福苍生。
我对生活品质亦有着不懈的追求。
闲暇之余，我尤爱焚香静思，那袅袅升起的青烟，
仿佛能洗净尘世的喧嚣，引领我进入一片宁静致远的境界。
同时，我是一个极其爱干净之人，无论是居所还是心灵，
我都力求保持一份清新与整洁。
因为我相信，只有内外皆净，方能洞察世间真理，领悟生命之美。
我期望的你，要有一颗细腻而敏感的心，
能够感知生活中的每一份美好与温馨。
我们可以焚香品茗，共赏月色；
也可以一同打扫居所，让家成为心灵的避风港。
我与你皆是有洁癖之人，愿我们的世界里只有彼此。
妙玉，让我们共享这份雅致与宁静，
一同在生活的点滴中寻找那份小美好。

据观察,绝大多数都是英雄配美人,百分之八十的配对是将十二钗配给《三国演义》中的帝王将相,可能配《西游记》和《水浒传》有一种美女野兽之感。

媒人们十足体贴,特别倾向于南方男子,尤其是三国中的东吴大将,细心地避免了十二钗想家或者异地恋。

根据大众喜爱程度以及本狗仔小唐的私心,现特意将金陵十二钗配给三国帝王将相、英雄谋士。本狗仔于九乡河畔增删百遍,编改十日,终成一视频,满足广大粉丝视觉渴望。满屏虚有情,一把辛酸泪;若要怜小唐,还请多打赏!(视频详情请见公众号:古代小说网)

延伸阅读本回《红楼梦》

## 主编有话说

这是我《红楼梦》研究课程的课程小作业，要求如下：《红楼梦》一书对女性的情感及描写与其他小说不同，其中最值得关注的是金陵十二钗。虽然她们个个光彩照人，但结局都不好，令人惋惜，我们就帮她们找个意中人，算是抚慰她们吧。

要求：为金陵十二钗各找一个合适的伴侣，并简要说明理由。不必拘于她们原来的婚恋情况，优先从《红楼梦》中找，没有合适的，可以在四大名著的另三部中找。如果还没有合适的，可以从整个古代小说作品中找。找的时候要综合考虑他们的性格、爱好、气质等，匹配度要高。

如果划重点的话，有两个关键词：一是匹配对象，二是理由。看起来是让同学们"乱点鸳鸯谱"，但目的也很明确，只有对金陵十二钗以及与她们匹配的人物较为熟悉，才能做好这个作业。再说，利用这个作业，让他们温习一下以往读过的小说，翻检作品，这也是要达到的目的。

从交上来的作业来看，大家的答案脑洞大开，五花八门，在为小说虚构人物"乱点鸳鸯谱"的同时，同学们会不会也想到自己的终身大事呢？这种代入感或者当代意识也是需要的，让红楼人物活在当下，这也是阅读作品、连通古今的一种有效方式。

这是一幅以《红楼梦》回目为主题的艺术字海报,文字排布错落,难以按严格顺序阅读。以下按大致可辨认的回目文字整理:

- 弄小巧用借剑杀人 觉大限吞生金自逝
- 听曲文宝玉悟禅机 制灯谜贾政悲谶语
- 西厢记妙词通戏语 牡丹亭艳曲警芳心
- 滥情人情误思游艺 慈姨妈爱语慰痴颦
- 情小妹情归地府 冷二郎一冷入空门
- 怡红院劫遇母蝗虫
- 王熙凤正言弹妒意 林黛玉俏语谑娇音
- 王熙凤恃强羞说病
- 诉肺腑心迷活宝玉 含耻辱情烈死金钏
- 投鼠忌器宝玉瞒赃 判冤决狱平儿行权
- 慕雏女爱爱姑试奴
- 林如海捐馆扬州城 贾宝玉路谒北静王
- 贤袭人娇嗔箴宝玉 俏平儿软语救贾琏
- 大观园试才题对额 荣国府归省庆元宵
- 史太君破陈腐旧套 王熙凤效戏彩斑衣
- 庆寿辰宁府排家宴 见熙凤贾瑞起淫心
- 痴女儿遗帕惹相思
- 薛蘅芜兰言解疑癖 潇湘子雅谑补余音
- 贾元春才选凤藻宫 秦鲸卿夭逝黄泉路
- 贾夫人仙逝扬州城 冷子兴演说荣国府
- 秦可卿死封龙禁尉 王熙凤协理宁国府
- 训劣子李贵承申饬 嗔顽童茗烟闹书房
- 魔法叔嫂逢五鬼 通灵玉蒙蔽遇双真
- 贾雨村夤缘复旧职 林黛玉抛父进京都
- 甄士隐梦幻识通灵 贾雨村风尘怀闺秀
- 滴翠亭宝玉戏彩蝶 埋香冢黛玉泣残红
- 薄命女偏逢薄命郎 葫芦僧乱判葫芦案
- 琉璃世界白雪红梅 脂粉香娃割腥啖膻
- 林潇湘魁夺菊花诗 薛蘅芜讽和螃蟹咏
- 贾宝玉初试云雨情 刘姥姥一进荣国府
- 金兰契互剖金兰语 风雨夕闷制风雨词
- 识分定情悟梨香院
- 绣鸳鸯梦兆绛芸轩
- 史太君两宴大观园
- 芦雪广争联即景诗 暖香坞雅制春灯谜
- 比通灵金莺微露意 探宝钗黛玉半含酸
- 送宫花贾琏戏熙凤 宴宁府宝玉会秦钟
- 游幻境指迷十二钗 饮仙醪曲演红楼梦
- 白玉钏亲尝莲叶羹 黄金莺巧结梅花络
- 王熙凤毒设相思局 贾天祥正照风月鉴
- 贾宝玉夤缘识金锁 薛宝钗巧合认通灵
- 金寡妇贪利权受辱 张太医论病细穷源
- 林黛玉重建桃花社 史湘云偶填柳絮词
- 蒋玉菡情赠茜香罗 薛宝钗羞笼红麝串
- 茉莉粉替去蔷薇硝 玫瑰露引出茯苓霜
- 变生不测凤姐泼醋 喜出望外平儿理妆
- 宝钗借扇机带双敲 龄官画蔷痴及局外
- 因麒麟伏白首双星 撕扇子作千金一笑
- 听曲文宝玉悟禅机 制灯谜贾政悲谶语
- 秋爽斋偶结海棠社 蘅芜苑夜拟菊花题
- 尴尬人难免尴尬事 鸳鸯女誓绝鸳鸯偶
- 赴家宴宝玉会秦钟
- 呆香菱情解石榴裙
- 享福人福深还祷福 痴情女情重愈斟情
- 情中情因情感妹妹 错里错以错劝哥哥
- 呆霸王调情遭苦打 冷郎君惧祸走他乡
- 柳叶渚边嗔莺咤燕 绛云轩里召将飞符
- 手足眈眈小动唇舌 不肖种种大承笞挞
- 杏子阴假凤泣虚凰 茜纱窗真情揆痴理

# 第七回

情中情
贾府乱吃
谍中谍
小妖勇播
大瓜
新闻

- 贾夫人仙逝扬州城　冷子兴演说荣国府
- 贾雨村夤缘复旧职　林黛玉抛父进京都
- 托内兄如海荐西宾　接外孙贾母惜孤女
- 贾宝玉初试云雨情　刘姥姥一进荣国府
- 送宫花贾琏戏熙凤　宴宁府宝玉会秦钟
- 王熙凤毒设相思局　贾天祥正照风月鉴
- 林如海捐馆扬州城　贾宝玉路谒北静王
- 王凤姐弄权铁槛寺　秦鲸卿得趣馒头庵
- 贾元春才选凤藻宫　秦鲸卿夭逝黄泉路
- 庆寿辰宁府排家宴　见熙凤贾瑞起淫心
- 魇魔法叔嫂逢五鬼　通灵玉蒙蔽遇双真
- 西厢记妙词通戏语　牡丹亭艳曲警芳心
- 滴翠亭宝钗戏彩蝶　埋香冢飞燕泣残红
- 蒋玉菡情赠茜香罗　薛宝钗羞笼红麝串
- 撕扇子作千金一笑　因麒麟伏白首双星
- 秦可卿死封龙禁尉　王熙凤协理宁国府
- 贤袭人娇嗔箴宝玉　俏平儿软语救贾琏
- 训劣子李贵承申饬　嗔顽童茗烟闹书房
- 大观园试才题对额　荣国府归省庆元宵
- 听曲文宝玉悟禅机　制灯谜贾政悲谶语
- 识分定情悟梨香院　绣鸳鸯梦兆绛芸轩
- 变生不测凤姐泼醋　喜出望外平儿理妆
- 蘅芜苑夜拟菊花题　秋爽斋偶结海棠社
- 滥情人情误思游艺　慕雅女雅集苦吟诗
- 宝钗借扇机带双敲　龄官画蔷痴及局外
- 手足眈眈小动唇舌　不肖种种大承笞挞
- 情切切良宵花解语　意绵绵静日玉生香
- 白玉钏亲尝莲叶羹　黄金莺巧结梅花络
- 诉肺腑心迷活宝玉　含耻辱情烈死金钏
- 甄士隐梦幻识通灵　贾雨村风尘怀闺秀
- 薄命女偏逢薄命郎　葫芦僧乱判葫芦案
- 贾宝玉奇缘识金锁　薛宝钗巧合认通灵
- 痴女儿遗帕惹相思　史太君破陈腐旧套
- 杏子阴假凤泣虚凰　茜纱窗真情揆痴理
- 呆香菱情解石榴裙　俏平儿情掩虾须镯
- 柳叶渚边嗔莺咤燕　绛云轩里召将飞符
- 慕雅女雅集苦吟诗　林潇湘魁夺菊花诗　薛蘅芜讽和螃蟹咏
- 享福人福深还祷福　痴情女情重愈斟情
- 悟中情情悟感妹妹　错里错以错劝哥哥
- 呆霸王调情遭苦打　冷郎君惧祸走他乡

这次的瓜可都是有财有势的主儿，这么讲可能要负上法律责任。算了，没有胆子也就不做新闻了，要做年度记者，要得新闻奖，既不去加沙，又不去乌干达，连深入贾府写几个绯闻都不敢，苗大王岂不是错看你了。又想安全又想有料，怎么可能？

"苗大王"已身先士卒钻到贾府听墙角，誓要将贾府这波事件挖个底朝天，将"红楼门"事件始末为大家做全程跟踪报道。

我的同事（小妖们）已经长期卧底贾府，收集了很多一手独家的新闻资讯，保管让你不敢换台。

让我们连线一下前线记者苗一刀。

小妖CC：你好，我是小妖CC，你那边情况如何？

苗一刀TV　　　　　　　　　　直播

天！这不是贾府某某花园吗！

苗老师辛苦了！

不愧是苗一刀TV创始人……竟然这么敬业……

前线记者 苗一刀

# 贾宝玉当街脚踢昔日情人，翻脸喊话：下流东西！ #

# 贾宝玉当街脚踢昔日情人，翻脸喊话：下流东西！ #

阅读量 2.6 亿 讨论量 5.7 万 详情 >

主持人：搜獴红娱 | 1 家媒体发布

综合　实时　关注　热门　视频　图片　　＋

 搜獴红娱

**置顶** 昨天 18:18 娱乐主播 已编辑　　 ＋关注

　　一向被称作"好好公子"的荣国府宝二爷，近日却被路人目睹当街对下人拳打脚踢。更有知情人爆料，下人伤势严重，吐血不止，路人直呼：太绝情！

　　昨日晚上七时许，怡红院某爆料者称，戏院几人原本进府中打闹嬉戏，不料天有不测之风云，外头忽然下起滂沱大雨。门外此时传来一阵敲门声，众人却不以为然。正当袭人前去应门，只见宝二爷已在外头成落汤鸡，未待看清来人时，宝玉便一反常态朝袭人飞踢过去，众人瞬间吓呆，袭人也因伤势过重，当晚吐血不止，需卧床久养。据爆料者称，宝二爷当时还口出狂言，不顾昔日情分，痛骂袭人为下流东西。惹得府中一时人心惶惶，下人们直呼：太绝情！你们又是怎么看待这对昔日鸳鸯如今反目成仇呢？欢迎在下方评论。

　　最先揭开红楼门冰山一角的是篇毫不相关的美食笔记，贾府奢靡生活是瞒不住了，朝阳群众的眼睛是雪亮的，花钱如流水，到底是祖上荫蔽还是取之于民，众人都一肚子数。

  和当前 5.8 万人一起讨论　　 数据　 智搜

转发 857    评论 9735    赞 7.6 万

 **在井底盯着你直到永远**
人和人之间的关系有时候就是这么脆弱,狠狠 emo 了。

 **人间清醒小茶杯**
评论区不要再洗白了,"好好公子"塌房是迟早的事,事实摆在眼前硬吹也白瞎。

 和当前 5.8 万人一起讨论

# 揭露贾府奢靡生活又一惊人细节！#

阅读量 2.9 亿 讨论量 7.3 万 详情 >
主持人：显微镜看贾府 ｜ 1 家媒体发布

综合　实时　关注　热门　视频　图片　＋

显微镜看贾府

置顶　昨天 18:18　娱乐主播　已编辑

　　我们的独家记者 666 再次深入贾府，三层爆料，一个都别错过！
　　1. 面其林黑珍珠竞相夸耀的独家秘方：茄鲞——别看是茄子，可要十只鸡来配！关注【红楼老饕】公众号回复 666 获取配方哦！
　　2. 汤臣亿品内部装修一览——园子比画儿还强十倍？身价过亿的千万别错过，这才是你该住的地方！月薪三千的也别走开，仔细看看下辈子没准儿住上！
　　3. 明明可以靠颜值，非要靠才华——这回又见到什么"神仙托生"的姑娘啦？小小年纪这么个好模样，还画得一手好画，名字也好听叫"惜春"，但怎么咂摸着怪悲凉？
　　以上就是今日狗仔带来的全部内容！特别消息：贾府的老祖宗似乎对我们普通人的生活特别感兴趣？待记者 666 再为我们试探一二！如果你也有奇闻异事，千万别忘了在评论区下方留言，也许下次 666 就将带着你的故事再度出发！

　　# 红楼美食　# 热议榜首　# 谁偷走了我的富二代人生

转发 583　　　评论 7632　　　　　　　赞 5.3 万

**村头一枝花**
本人有幸去贾府参观,嚯!那园子里有山有水,一个柜子比俺家房子还高,满屋子都闪着金光!真真闪瞎了俺的眼,茄鲞当然也吃了,别太羡慕俺哟~~~

**谁来教我画画**
原来我一直追更的绘圈太太竟然是贾府小姐。今天拿到了太太的亲笔 To 签,本人和画一样美,呜呜呜我要一直追随你!惜春太太!

 和当前 6.2 万人一起讨论

# 劲爆新闻！儿子看上老妈侍女，强取豪夺上演霸道官爷追妻戏码！？ #

# 劲爆新闻！儿子看上老妈侍女，强取豪夺上演霸道官爷追妻戏码！？ #

阅读量 3.6 亿　讨论量 8.5 万　详情 >

主持人：金陵扒姨太　|　1 家媒体发布

综合　　实时　　关注　　热门　　视频　　图片　　＋

金陵扒姨太

**置顶**　昨天 18:18　娱乐主播　已编辑

＋关注

　　近日，本市数一数二的豪门贵族贾家因长子贾赦纳妾一事闹得沸沸扬扬。

　　据不知名人士爆料，贾赦向来是个花花肠子，孙女都能满地跑了，还惦记着年轻貌美的小姑娘，最近他又把主意打到了金鸳鸯头上。

　　这金鸳鸯可不是什么普通丫头，老太太玩牌她坐下手边，老太太摆宴她来当令官，说是老太太的左膀右臂也不为过。

　　贾赦鬼迷心窍，偏要纳她做妾，豪言道，金鸳鸯生是他的人，死是他的鬼，这辈子都逃不出他的手掌心。

　　可这金鸳鸯都混成老太太贴身丫头了，又怎么会忍气吞声、逆来顺受？她当着众人的面放下狠话，宁愿做尼姑也不嫁贾赦！

　　霸道男遇上绝决女，吓得贾家众人一言不发面面相觑，可怜老太太一把年纪还不得不出面主持大局。

　　纳妾是不了了之，但小编发现贾赦近日似乎寻到了新的温柔乡，滋润得很呢～

　　和当前 4.3 万人一起讨论

贾府不愧是世代功勋，旺儿很快找到CO姐和金陵眼，警告她们如果不闭嘴就扔去原始丛林，CO姐和金陵眼失踪了好长一段时间。

CO姐密友扒姨太为声援CO姐，利用代号继续CO姐未竟事业，爆料视频在短视频APP获得大量关注，一举成为年度爆款。众人义愤填膺，许久未露面的CO姐亲自为视频献声，联手进一步坐实了贾府一手遮天。

转发 654　　评论 6682　　赞 4.9万

遇事不平就爱喷

扒姨太乃高危职业，听说最近有人爆料薛贾兄弟电影公司第二天就人间蒸发了，太黑暗了！

和当前4.3万人一起讨论

# # 撕桃的妹妹被资本和大佬抛弃 #

# # 撕桃的妹妹被资本和大佬抛弃 #

阅读量 4.6 亿 讨论量 5.6 万 详情 >

主持人：红娱弄潮儿 | 1 家媒体发布

综合　实时　关注　热门　视频　图片　＋

红娱弄潮儿

**置顶** 昨天 18:18 娱乐主播 已编辑

　　爆个大瓜，富贵圈都知道的事儿，撕桃的妹妹已经被资本和大佬抛弃了，撕桃家正在为妹妹的出路想办法，三字接盘侠是个不错的选择。某知名狗仔还发布动态确认此事，目前国际女星和皮衣哥离婚的瓜就是撕桃为了转移视线爆出来的。

　　讲真，撕桃自己也不干净，贾府选妃的事把三字和小秦这对流量都拖累了，目前正在纠缠某娱乐圈男明星，还挺舔狗的。但据经纪人透露，该男明星是硬汉，不愿意当嫂子，撕桃答应让他出演自己投资的大制作电影也没用。撕桃最近都不太露面了，薛贾兄弟电影公司员工透露其似乎深受重伤，娱乐圈男明星的代言也掉了好几个，目前处于一个半退圈的状态。

　　目前贾府上下已被控制，已经安全，现将代号密码附在评论区。

# 贾府 # 八卦 # 薛贾兄弟电影公司

和当前 3.6 万人一起讨论

转发 558　　评论 7376　　赞 6.3 万

 **莲藕怎么辣么甜**
撕桃—薛蟠；三字接盘侠—贾宝玉；小秦—秦钟；娱乐圈男明星—柳湘莲。

 **莲藕怎么辣么甜**
听说撕桃霸王硬上弓柳哥不成反被揍，不知道真的假的？保护我方柳哥。

 **吃瓜职业选手**
估计这条微博活不过今晚，不要小瞧薛贾兄弟电影公司的封口能力，看到的就快截图吧。

和当前 3.6 万人一起讨论

 # 发酵——王妃也平息不了众怒 #

阅读量 1.5 亿 讨论量 6.4 万 详情 >
主持人：1818 金陵眼 | 1 家媒体发布

---

综合　实时　关注　热门　视频　图片　＋

---

 1818 金陵眼　　　　　　　　　　　＋关注
置顶　昨天 18:18　娱乐主播　已编辑

　　为了维护娘家利益，贾府最大保护伞贾贵妃不得不亲自下场洗白，通过省亲以显贾氏圣眷正隆，江山永固。然而现在贾府完全丧失了群众的信任，刻意下场洗白的举动反而更加深了贾氏权势滔天，大搞团体组织的嫌疑。

　　1 月 15 日晚，凤藻宫尚书、贤德妃贾元春在大观园省亲，同诰命夫人史太君、工部员外郎贾政等亲切见面，共享天伦。

　　元宵佳节，华灯璀璨，大观园内花彩缤纷，气氛热烈庄重。

　　贾元春乘舟入园，热情接见出席的亲朋好友，并向贾母、贾政、贾宝玉等表示深切关心。

　　工部员外郎贾政发表致辞，代表贾府对皇帝表达衷心感谢，并对元妃的到来表示诚挚欢迎。

　　贾元春为大观园景物赐名，她指出，"天地启宏慈，赤子苍头同感戴；古今垂旷典，九州万国被恩荣。"

　　贾元春对大观园风景表示高度赞赏，但她强调，修建园林不应太过靡费奢侈，要求贾府以简朴为训。

---

○　✎ 和当前 4.6 万人一起讨论　　　数据　智搜

一六六

贾元春与贾府众人一同参加宴会，其乐融融。林黛玉、薛宝钗、贾宝玉等为省亲献诗，贾元春亲切赞赏小辈，并将薛、林之作评为首位。

宴会后，贾元春和家人共同观看戏曲表演，感受万家团圆之情，共享美好天伦之乐，在大观园中留下难忘的记忆。

据说元春在宫中情势也十分不好，此举无疑会火上浇油，加剧这个大靠山倒台的速度，明眼人就能从一些蛛丝马迹做出贾府即将被清洗的推测，黑白两道通吃的家族是否真会如吹哨人所言暂且不知，总之是颓势已显了。

转发 398　　　　评论 6375　　　　　　　　赞 7.2 万

补天潜力股

眼看他起高楼，眼看他楼塌了。

　　✎　和当前 4.6 万人一起讨论

# 贾府公子竟借钱讨生活？忠顺王府：天凉了，该让贾家破产了 #

# 贾府公子竟借钱讨生活？忠顺王府：天凉了，该让贾家破产了 #

阅读量 4.2 亿　讨论量 7.2 万　详情 >

主持人：红楼大扒车 | 1 家媒体发布

综合　实时　关注　热门　视频　图片　＋

 红楼大扒车　　　　　　　　　　

置顶　昨天 18:18　娱乐主播　已编辑

　　近日以来有荣府街人民群众反映，他们中的部分人曾经目睹贾府某公子衣着褴褛前往其舅父家中。本报记者即刻赶往现场一探究竟。通过采访周围居民，记者得知，这位贾公子是来寻找他的舅父借钱以度日，而作为至亲，这位贾公子的舅父舅母竟然拒绝借钱，并对其冷嘲热讽。对于此事件，广大群众皆对其娘舅家的薄情感到愤怒，指责其见利忘义，人情冷漠。

　　贾府作为荣宁二公后人，长期居于京城富豪榜前十的地位，如今竟有府中公子不得不借钱以度日，这是否意味着长期以来贾府破产失势的消息并非空穴来风呢？这是否又预示着元春小姐和其丈夫的感情并不是像表面上那样和睦？本报记者在采访过程中拜访了与贾府长期不合的忠顺王府，根据有关人员透露，贾府在不久的将来可能要遭遇大事件，现由忠顺王府牵头、京城多方势力参与的相关项目，拟在未来三年内，针对贾府资金周转问题和开支无度的作风问题进行调查。

转发 482　　评论 8372　　　　赞 7.3 万

 **头癞心不癞**
门前放根讨饭棍，亲戚故友不上门。人间真实了！

 **人瘸志不瘸**
咋个说呢，雪崩来临的时候没有一片雪花是无辜的，当年挥金如土，如今入不敷出。贾府前人栽树后人砍树，破产只是时间问题罢了。

 　✎　和当前 5.7 万人一起讨论　　　　

# 棋官突官宣结婚 女方为贾氏集团前秘书 #

# 棋官突官宣结婚 女方为贾氏集团前秘书 #

阅读量 3.6 亿　讨论量 6.5 万　详情 >

主持人：红楼情报局 ｜ 1 家媒体发布

---

综合　实时　关注　热门　视频　图片　　＋

 红楼情报局

**置顶** 昨天 18:18　娱乐主播　已编辑　　＋关注

　　知名男星棋官（本名蒋玉菡）退圈经商多年，今日突在微博官宣，引发热议，网民纷纷留言表示：国民"老公"终于结婚！

　　上午 10 时许，棋官于微博晒出结婚证并发文表示：成功迈向人生另一阶段！而喜讯帖文公开后，获许多圈内好友、网民送上祝福。

　　有网民在 1 日通过小红书爆料，在城南看见棋官出外置办聘礼，疑似已有结亲安排。据圈内好友透露，棋官是"好不容易"才托媒成功的，据传女方曾为贾氏集团二公子的机要秘书，令一众网民不禁猜测二人关系，更有网民表示早年棋官与贾氏集团二公子的"绯闻"并非空穴来风，只是"有缘无分"而已。

　　二人早已在 5 日低调举行婚礼，双方亲友俱送上祝福，贾氏集团王太更派人抵达婚礼现场祝贺。然而，我们岂能允许冷处理？公众岂能允许被愚弄？我们必将秉新闻记者之初心与良知，发挥媒体监督职能，持续跟进"红楼门"最新进展，请大家拭目以待。

和当前 6.1 万人一起讨论

转发 637　　评论 5394　　赞 6.5 万

**警幻仙子的小迷妹**
讲真这一对新人走到一起蛮不容易的,贾氏集团现在树倒猢狲散,没几个落得好下场,这几年的瓜吃下来不得不感叹造化弄人。

**癫头和尚**
棋官也算是一代人的青春回忆了,他早几年演的几部剧确实还不错,我大学宿舍还贴不少他的海报来着,国民"老公"终成过往,只有尊重祝福!

 　和当前 6.1 万人一起讨论　　

延伸阅读本回《红楼梦》

## 主编有话说

  这次花式作业的要求是：从现代媒体的角度选择贾府发生的一件事进行报道。众所周知，贾府是名门望族，深宅大院，一般人根本进不去，看看刘姥姥一进荣国府的情景就可以知道。可以想象，外面平民百姓对贾府有着压抑不住的好奇心，自然也会有不少关于贾府的传闻，看看"门子"拿出的护官符就可以知道。

  贾府虽然对外是黑箱一般的存在，但它毕竟与外界保持着联系。在贾府发生的事情，不管是秦可卿病逝还是元妃省亲，不管是宝玉挨打还是抄检大观园，保密措施再严格也没用，外界一定会得知消息。如果发生在当下，一定有众多媒体争相报道，由于消息不透明，自然会有很多带有捕风捉影色彩的八卦。

  这就是本次花式作业的背景和依据，其实也符合《红楼梦》的写法，那就是围观或众声喧哗，将一个人物放在众人的视野中，由不同身份及立场的人进行评述。比如在作品中，贾宝玉就多次被人谈论过；比如冷子兴、贾雨村、王夫人、傅秋芳家的婆子、兴儿等。布置此次作业也是提醒同学们，外界对贾府的评价是一个值得关注的角度。

  为抛砖引玉，我自己也下场写了一篇。

# 贾府公子贾宝玉挨打 #

# 贾府公子贾宝玉挨打 #

阅读量 3.2 亿 讨论量 7.3 万 详情 >
主持人：魔窟大王 | 1 家媒体发布

综合　实时　关注　热门　视频　图片　　＋

魔窟大王
**置顶** 昨天 18:18　娱乐主播　已编辑

＋关注

　　昨天上午十点左右，贾府突然传出凄厉的尖叫声，据周围邻居说，听声音很像贾府的公子贾宝玉。本报记者闻知消息，立即前往，但贾府拒绝接受采访。府中一位不具名的人士证实了此事，但对贾公子被打的原因不甚清楚，说可能是贾公子和母亲的丫鬟有奸情致人死亡。不过邻居王六则有不同的说法，他说自己有亲戚和贾公子有交往，据说这位公子和某影视明星有暧昧关系，引起父亲不满。具体原因有待更可信的消息源。记者在贾府门口看到有医护车进出，估计贾公子受伤不轻。此事是否构成家暴，会引起哪些法律问题，本报记者准备采访法律界人士，请关注本报更进一步的报道。

和当前 3.2 万人一起讨论

这是一张由《红楼梦》章回标题密集排列组成的艺术图，文字以不同方向（横排、竖排）叠加排布，背景中央有"红楼梦"字样的图形装饰。以下按可辨识内容列出主要回目标题：

- 甄士隐梦幻识通灵　贾雨村风尘怀闺秀
- 贾夫人仙逝扬州城　冷子兴演说荣国府
- 托内兄如海荐西宾　接外孙贾母惜孤女
- 薄命女偏逢薄命郎　葫芦僧乱判葫芦案
- 贾宝玉初试云雨情　刘姥姥一进荣国府
- 送宫花贾琏戏熙凤　宴宁府宝玉会秦钟
- 王熙凤毒设相思局　贾天祥正照风月鉴
- 林如海捐馆扬州城　贾宝玉路谒北静王
- 王熙凤弄权铁槛寺　秦鲸卿得趣馒头庵
- 贾元春才选凤藻宫　秦鲸卿夭逝黄泉路
- 庆寿辰宁府排家宴　见熙凤贾瑞起淫心
- 秦可卿死封龙禁尉　王熙凤协理宁国府
- 大观园试才题对额　荣国府归省庆元宵
- 听曲文宝玉悟禅机　制灯谜贾政悲谶语
- 西厢记妙词通戏语　牡丹亭艳曲警芳心
- 贤袭人娇嗔箴宝玉　俏平儿软语救贾琏
- 蘅芜君兰言解疑癖　潇湘子雅谑补余香
- 滴翠亭杨妃戏彩蝶　埋香冢飞燕泣残红
- 享福人福深还祷福　痴情女情重愈斟情
- 变生不测凤姐泼醋　喜出望外平儿理妆
- 魇魔法叔嫂逢五鬼　通灵玉蒙蔽遇双真
- 蜂腰桥设言传心事　潇湘馆春困发幽情
- 绣鸳鸯梦兆绛芸轩　识分定情悟梨香院
- 情中情因情感妹妹　错里错以错劝哥哥
- 白玉钏亲尝莲叶羹　黄金莺巧结梅花络
- 薛宝钗羞笼红麝串　玉菡情赠茜香罗
- 撕扇子作千金一笑　因麒麟伏白首双星
- 痴女儿遗帕惹相思　醉金刚轻财尚义侠
- 史太君破陈腐旧套　王熙凤效戏彩斑衣
- 训劣子李贵承申饬　嗔顽童茗烟闹书房
- 村姥姥是信口开河　情哥哥偏寻根究底
- 林潇湘魁夺菊花诗　薛蘅芜讽和螃蟹咏
- 琉璃世界白雪红梅　脂粉香娃割腥啖膻
- 蘅芜苑夜拟菊花题　怡红院迎春芳夜宴
- 贾宝玉奇缘识金锁　薛宝钗巧合认通灵
- 金寡妇贪利权受辱　张太医论病细穷源
- 茉莉粉替去蔷薇硝　玫瑰露引来茯苓霜
- 宝钗借扇机带双敲　龄官画蔷痴及局外
- 绣鸳鸯梦兆绛芸轩　识分定情悟梨香院
- 慕雅女雅集苦吟诗　滥情人情误思游艺
- 史太君两宴大观园　金鸳鸯三宣牙牌令
- 慧紫鹃情辞忙试玉　慈姨妈爱语慰痴颦
- 呆香菱情解石榴裙
- 秋爽斋偶结海棠社　蘅芜苑夜拟菊花题
- 鸳鸯女誓绝鸳鸯偶
- 手足眈眈小动唇舌　不肖种种大承笞挞
- 闲取乐偶攒金庆寿　不了情暂撮土为香
- 柳叶渚边嗔莺咤燕　绛云轩里召将飞符
- 呆霸王调情遭苦打　冷郎君惧祸走他乡
- 情小妹耻情归地府　冷二郎一冷入空门
- 林黛玉重建桃花社　史湘云偶填柳絮词
- 荣国府归省庆元宵
- 比通灵金莺微露意　探宝钗黛玉半含酸
- 游幻境指迷十二钗　饮仙醪曲演红楼梦
- 诉肺腑心迷活宝玉　含耻辱情烈死金钏
- 王熙凤正言肯妒　林黛玉俏语谑娇音
- 投鼠忌器宝玉瞒赃　判冤决狱平儿行权
- 寻幽女悲题凹晶馆　凹纷主习谷吟

# 第八回

## 升堂断勇判红楼迷案

## 法槌响巧解千古之谜

# 红楼梦回目

听曲文宝玉悟禅机
制灯谜贾政悲谶语

林如海捐馆扬州城
贾宝玉路谒北静王

贤袭人娇嗔箴宝玉
俏平儿软语救贾琏

庆寿辰宁府排家宴
见熙凤贾瑞起淫心

贾元春才选凤藻宫
秦鲸卿夭逝黄泉路

秦可卿死封龙禁尉
王熙凤协理宁国府

贾雨村夤缘复旧职
林黛玉抛父进京都

甄士隐梦幻识通灵
贾雨村风尘怀闺秀

绣鸳鸯梦兆绛芸轩
识分定情悟梨香院

送宫花贾琏戏熙凤
宴宁府宝玉会秦钟

游幻境指迷十二钗
饮仙醪曲演红楼梦

贾宝玉奇缘识金锁
薛宝钗巧合认通灵

庆寿辰宁府排家宴
见熙凤贾瑞起淫心

白玉钏亲尝莲叶羹
黄金莺巧结梅花络

王熙凤毒设相思局
贾天祥正照风月鉴

贾宝玉初试云雨情
刘姥姥一进荣国府

宝钗借扇机带双敲
龄官画蔷痴及局外

绣鸳鸯梦兆绛芸轩
识分定情悟梨香院

撕扇子作千金一笑
因麒麟伏白首双星

听曲文宝玉悟禅机
制灯谜贾政悲谶语

秋爽斋偶结海棠社
蘅芜苑夜拟菊花题

赴家宴宝玉会秦钟

诉肺腑心迷活宝玉
含耻辱情烈死金钏

 **贾律师** 36.6万本场点赞

尤二姐

- 尤二姐：（眼含泪光，声音哽咽）
- 尤二姐：贾律师您好，我是尤二姐。
- 尤二姐：三妹的离去让我和家人沉浸在无尽的悲痛之中。
- 尤二姐：我们原本以为，三妹能够找到她的幸福归宿。
- 尤二姐：但没想到谣言和误会竟让这段美好的姻缘化为了泡影。
- 尤二姐：贾律师，我们冷静下来了。
- 尤二姐：想问如果按照现在的法律，男方悔婚导致女方自杀，男方需要承担法律责任吗？

PK　连线　　　　互动　装饰　游戏

 **贾律师** 43.2万本场点赞

人气榜

尤二姐

5 贾律师：(怜悯回应，眼神坚定)

5 贾律师：首先，我们要明确的是，根据贾府家法第二百三十二条，故意杀人罪是明确针对有意图地非法剥夺他人生命的行为。

5 贾律师：而在这个案例中，男方的悔婚行为虽然对女方造成了极大的情感伤害，但并未有直接导致其自杀的意图或行为，因此不构成故意杀人罪。

5 观　众：那聘礼呢？男方是否需要归还？

PK　连线　　　　　　　　互动　装饰　游戏

 **贾律师** 56.4万本场点赞    4万+

人气榜

尤二姐

◆5 贾律师：（点头，语气平和）

◆5 贾律师：关于聘礼的问题，它更多涉及的是民事法律关系，而非形式范畴。

◆5 贾律师：从法律层面讲，如果双方未正式登记结婚，且未明确约定聘礼的归属，那么通常情况下，聘礼应当视为一种附条件的赠与。

◆5 贾律师：当结婚条件未成就时，女方或其他家属有权要求返还。

◆5 贾律师：但请注意，这需要通过民事途径解决，而非刑事手段。

 PK　 连线　　　　　　 互动　 装饰　 游戏

 贾律师 68.6万本场点赞    4万+

人气榜

尤二姐

◆5 贾律师：（继续分析，语重心长）

◆5 贾律师：然而，在情感与道德的层面上，我认为男方应当出于人道主义精神，主动与女方家属协商解决此事，避免给双方家庭带来更多的伤害和痛苦。

◆5 贾律师：毕竟生命无价，任何情感的伤害都是无法用金钱来衡量的。

◆5 观　众：贾律师说得对，法律之外还有人情，希望这样的悲剧能少一些。

  PK  连线  互动  装饰  游戏

 **贾律师** 72.7万本场点赞

3万+

人气榜

尤二姐

◆5 贾律师：（微笑点头，总结）

◆5 贾律师：是的。请三姐的家人节哀顺变。

◆5 贾律师：您的讲述让我们更加深刻地理解了这起案件的悲痛与复杂性。

◆5 贾律师：贾律师在这里提醒直播间的各位家人，法律是社会的底线，但人与人之间的理解和包容才是构建和谐社会的基石。

◆5 贾律师：希望每一个人在面对情感纠葛时，都多一些沟通，多一些理解，少一些冲动和伤害。

PK　连线　　　　　互动　装饰　游戏

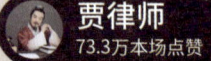 贾律师 73.3万本场点赞

玉钏

- 5 玉钏:(连线进入直播间)(声泪俱下)
- 5 玉钏:贾飞律师您好,我的姐姐金钏一向跟在王夫人身边,不承想被贾宝玉……贾宝玉他强奸未遂,王夫人不责怪贾宝玉却反来羞辱我姐姐,姐姐刚烈性子怎忍得这些,便投井自杀了。
- 5 玉钏:我苦命的姐姐……
- 5 玉钏:(泣不成声,说不下去了)

PK 连线 互动 装饰 游戏

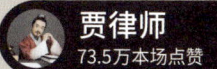 贾律师 73.5万本场点赞    1万+

人气榜

玉钏妈妈

> 5 玉钏妈妈：我要补充一下。

> 5 玉钏妈妈：贾律师，我是金钏母亲，您应该能理解我这母亲的心，肝肠寸断竟是这种滋味……

> 5 玉钏妈妈：今天来直播间请教您，我要如何为我女儿讨回公道！

> 5 玉钏妈妈：定要将罪犯绳之以法！

> 5 玉钏妈妈：不然，我有什么脸面！去见我九泉之下含冤而死的女儿！

 PK　 连线　 互动　 装饰　 游戏

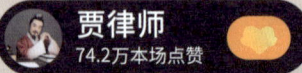 **贾律师** 74.2万本场点赞

玉钏

> 5 贾律师：二位节哀，发生这样的事情实在令所有人痛心。

> 5 贾律师：我们也知道，根据贾府家法二百九十九条第十六，"凡调奸妇女未成业经和息之后如有因人耻笑其夫与父母亲属及本妇复追悔抱怨自尽致死二命者将调奸之犯改发边远充军若致死一命者杖一百流三千里"。

> 5 贾律师：王夫人将死者撵出房中，对死者及其母造成精神羞辱。

人气榜

玉钏

◆5 贾律师：根据贾府家法二百九十九条第十八，"因人亵语戏谑羞忿自尽之案如系并无他故辄以戏言觌面相狎者即照但经詈骂调戏本妇羞忿自尽例拟绞监候其因他事与妇女口角彼此詈骂妇女一闻秽语气忿轻生以及并未与妇女觌面相谑止与其夫互相戏谑妇听闻秽语羞忿自尽者仍照例杖一百流三千里"。

◆5 贾律师：事实一旦成立，嫌疑人必须承担相应的惩罚，应依法提起诉讼。

◆5 贾律师：但是对于案件的基本事实，二位是否掌握了确凿的证据呢？

PK　连线　　　　　　互动　装饰　游戏

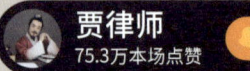 贾律师 75.3万本场点赞  2万+

人气榜

玉钏

- 5 贾律师：贾律师，您指哪方面的证据？
- 5 贾律师：首先，是否有贾宝玉对金钏强奸未遂的证据？
- 5 贾律师：贾宝玉实在是轻薄！他对我姐姐动手动脚并有言语骚扰，摸姐姐的耳坠子，喂姐姐吃丸子，拉姐姐的手，还说要向王夫人讨了姐姐去。
- 5 贾律师：那么王夫人是如何羞辱金钏的？

  PK  连线  互动  装饰  游戏

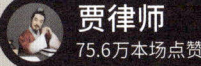 **贾律师** 75.6万本场点赞    3万+

📊 人气榜

彩云

- 5 玉　钏：王夫人照姐姐脸上打，还骂她："下作小娼妇，好好的爷们，都叫你教坏了"，这种精神羞辱哪个少女能够忍受！

- 5 王夫人（进入直播间）：要不是我来了这直播间，还真不知道有人在此栽赃。那日分明是金钏先行勾引调戏宝玉，我有宝玉小丫头彩云作证！

- 5 彩云（进入直播间）：是的，那日金钏所言我听的分明，她说："宝二爷，我嘴上刚擦的香浸胭脂，还吃不吃啦？"

- 5 王夫人：这还不算是金钏言语调戏在先？

 PK　 连线　　　　　 互动　 装饰　 游戏

一八七

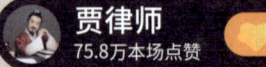    

- 5 王夫人：如此无耻，我气不过打了一下骂了几句罢了。
- 5 王夫人：再者说，如何就将她投井与我联系起来了？
- 5 王夫人：无凭无据的……
- 5 王夫人：我给银两慰问不过是念及多年主仆，倒叫人疑心是我于心有愧了？
- 5 王夫人：实在可笑。如今我已给金钏妈妈五十两银子，且提供两套新衣服做妆裹，已尽主仆之谊。

 **贾律师** 76.1万本场点赞

   4万+

📊 人气榜

◆5 贾律师：失去至亲的悲痛应该不是金钱可以弥补的，妹妹和母亲的心情我们可以想象。

◆5 贾律师：但是目前的争议焦点是王夫人和贾宝玉的所作所为是否和金钏的死有直接的关系。

◆5 玉钏：怎么没有直接关系？明眼人都看得出来……

话还没说完就被王夫人打断，两人开始在直播间争吵。

贾律师掐断连麦，直播间禁言片刻。

◆5 贾律师：请大家冷静，在直播间争吵是没有意义的。

PK　连线　　　　　　互动　装饰　游戏

**贾律师** 76.3万本场点赞     3万+

人气榜

玉钏

> 5 贾律师：解决问题的办法是向法院提起诉讼，而法庭看重的是证据，我建议双方各自仔细收集证据，玉钏与金钏母亲及时上诉。

> 5 贾律师：如果有需要，我可以介绍律师来代理你们的案件。在律师指导下收集证据，准备陈词。

> 5 贾律师：我相信法院会给出合理的判决。

> 5 贾律师：好了各位观众，今天的直播连线就到这里。希望本案最终能得到令人信服的判决结果。

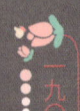  PK  连线  互动  装饰  游戏

延伸阅读本回《红楼梦》

## 主编有话说

　　这次花式作业要求从《红楼梦》中选取一个案例,根据作品相关描写,理清案情,然后依据清代的律法进行判决。这样做的目的,一方面是让小妖们换一个角度阅读《红楼梦》,从而产生新的认知;另一方面也让小妖们通过古今之别,从而更好地理解作品。

　　对照《大清律例》,其实也是对《红楼梦》诸多公案的一次全新视角的解读。熟悉作品、思考问题的过程,其实也是在拉近与作品的距离。参与审理"红楼迷案",对于增加阅读兴趣,了解古今差别,顺带普法,大有帮助。

　　囿于文字篇幅、内容等限制,小妖们对于"红楼迷案"的审理肯定有诸多错漏。专业的法律主语表达、法条文献等也学习得不够深入。所以我们决定,评论区敞开,欢迎各位道友,尤其是法律圈子里的红学爱好者们畅所欲言,"红楼迷案"的审理还在继续哦。

红楼灵编

# 第九回

迎新年贾府齐开夜宴
献才艺红楼欢聚佳朋

红楼梦

# 红楼新年晚会

特约赞助 肆酒围观大

各位红楼娱乐的哥儿姐儿,各位走过路过不吝打赏的公子小姐,以及在背后默默支持红楼娱乐的老爷太太们:

这里是南京大学苗一刀TV"红楼新年晚会"的演出现场,俺是主持人——苗一刀。

这一转眼又是新的一年,小妖们特意为大观园的诸位姑娘公子准备了一场红楼晚会,也为这一段特别的相遇再添一份独家记忆。

感谢本场晚会唯一赞助商苗一刀文化传媒有限公司,导演审核组脂砚斋、畸笏叟等,现场报道石兄。

下面,让我们开始今天的红楼晚会直播大赏,这可真是开天辟地以来,俺见过的嘉宾阵容最强大的空前大秀,现场的观众朋友们,和我一起倒计时吧,3,2,1!

**特别提示:购票请关注"古代小说网"微信公众号(划重点)**

# 红楼新年晚会

## 第1秀——茶艺表演

**(@Mr.Sandman)**

表演者：妙玉、黛玉、宝钗和宝玉

在《红楼梦》第四十一回中，"栊(lóng)翠庵茶品梅花雪"讲述了妙玉、黛玉、宝钗和宝玉的饮茶名场面。妙玉不仅精通茶艺，对于饮茶之水也颇为讲究，如使用雨水和梅花上的雪水烹茶，还收藏有各种稀奇古怪的珍贵茶具：如分瓜(bān)瓟(páo)斝(jiǎ)、点犀乔皿、绿玉斗、九曲十环一百二十节蟠虬整雕竹根的大台皿等。

在我们这场红楼表演中，妙玉是为主泡，黛玉、宝钗和宝玉是为宾客，在现场，大家还可以听到《红楼梦序曲》的 BGM。

节目以妙玉表演茶艺为首，不仅能使观众大开眼界，也能令其在舒缓的氛围中渐渐走向红楼世界。

# 红楼新年晚会

特约 大觀園酒肆 赞助

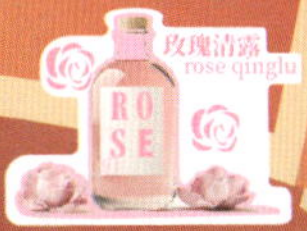


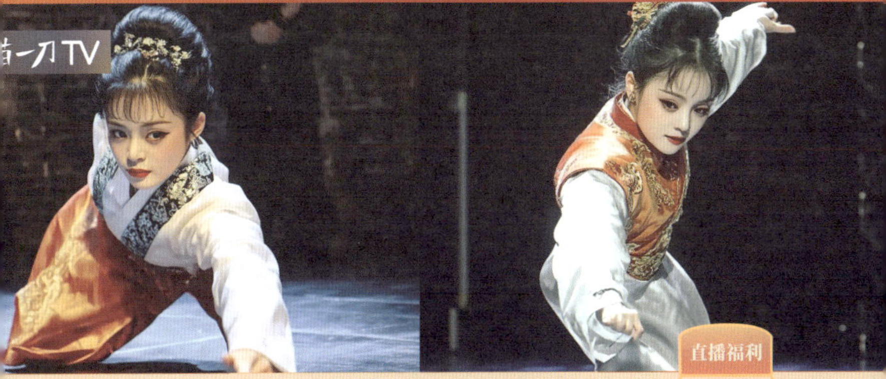


直播福利

- 超大型晚会
- 3 万点赞抽奖
- 关注请吃饭
- 送黛玉亲签

## 第 2 秀——街舞表演

（@Mr.Sandman）

表演者：探春

红楼娱乐圈新晋小花探春自出道以来，以其机敏刚烈的性格迅速获得大众的关注和喜爱。数年前还未走红的探春在一次和赵姨娘的争端中，曾发出“我但凡是个男人，可以出得去，我必早走了，立一番事业，那时自有我一番道理”的豪言，之后她在抄检大观园时怒打王善保家的一巴掌更是令她一战成名。

此后的探春在红楼娱乐圈中另辟蹊径，她摒弃新生代众小花娇弱纯良的风格，以霸道女总的人设成为红楼圈不可更替的新一代花旦。

这次在节目现场，她为大家带来的是酷炫的街舞表演也是在意料之中，我们探春冲啊，霸道女总独自美丽！

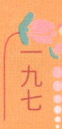

## 第3秀——武术舞蹈表演

### （@停云）

表演者：茗烟，金荣，宝玉等

我们现在看到的舞台上矫健的身影是红楼著名大爷茗烟，只听得他先吼出一嗓子"你是好小子，出来动一动你茗大爷"，然后就揪住了倒霉孩子金荣率先上场，贾菌、锄药、扫红、墨雨一众校园小霸王紧跟其后。紧接着我们看到的是李贵等大仆人上场撑走诸人，场地即将空出来给令无数"终遇女孩"疯狂的宝玉、秦钟上场共舞。

在终遇组合的舞蹈秀之后，我们的武术舞蹈表演终于迎来了高潮环节，各位观众，你们将看到开辟红楼娱乐圈的重量级元老人物贾政、王夫人携手上场，他们将为大家表演的是"夫妻双打神功"，我们将能罕见地观赏"贾政痛打宝玉&王夫人痛打金钏儿"两个经典节目的同时重现。

# 红楼新年晚会

特约赞助

## 第 3 秀——武术舞蹈表演

### （@停云）

表演者：茗烟，金荣，宝玉等

　　但是诸位看官，您以为到这里我们的表演就结束了么？不，节目组还邀请到了上个世纪爆红的一代传奇女星——贾母，在今晚为大家登台演出。她将为大家再次演绎上世纪风靡一时的情景武术秀——痛打熊孩子鼻祖贾政。请大家拭目以待。

**直播福利**
- 超大型晚会
- 3万点赞抽笑
- 关注请吃饭
- 送黛玉亲签

一九九

# 红楼新年晚会

## 第4秀——歌舞剧《致命女人》

**(@寻遍寒枝,却不肯栖)**

表演者:王熙凤、贾琏、平儿、尤二姐、多姑娘

这部歌舞剧灵感来源于很火的电视剧
《Why Women Kill》(《致命女人》),
主要讲婚姻与出轨,剧中女人敢爱敢恨,
主题可以粗暴理解为女人一旦狠起来,出轨男人都会遭报应。
想到王熙凤也是"致命女人",虽然她弄小巧杀死的是尤二姐。
鉴于贾琏如此风流,估计歌舞剧中最后迎来大限的不是尤二姐而是他。

# 红楼新年晚会

特约 大觀園酒肆 赞助

玫瑰清露
rose qinglu

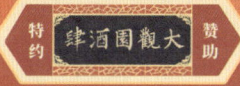

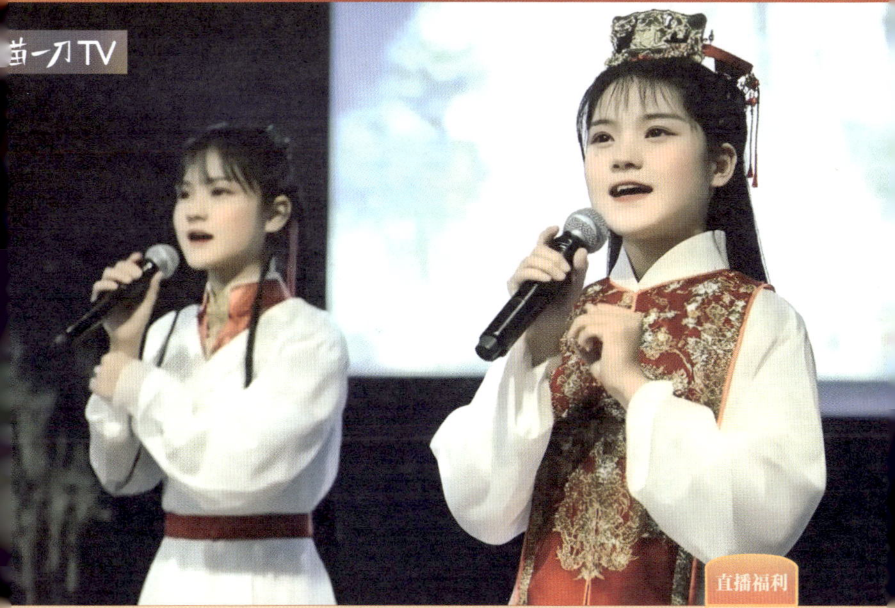


直播福利
- 超大型晚会
- 3万点赞抽奖
- 关注请吃饭
- 送黛玉亲签

## 第5秀——歌曲演唱《世界上另一个我》

(@yooke)

表演者：贾宝玉、甄宝玉

一真一假，同为宝玉，
对彼此而言是世界上的另一个“我”，
这首歌很应景。

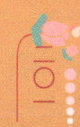

# 红楼新年晚会

## 第6秀——新"等待戈多"

(@ 灼卿)

表演者：贾瑞

腊月冬风夜，他为何宁忍穿堂风静默不语？
人眠三更时，他为何强熬满身腥岿然不动？
一个个长夜过去，他幽深的目光仍旧执着，
没有台词，没有观众，他究竟在这里等待着什么。
他等待的人，是今夜会来吗？
还是，永不再来？
请欣赏小品表演：新"等待戈多"后现代改编版。

# 红楼新年晚会

## 第 7 秀 - 诗朗诵

**(@ 李不能拖 ddl 沁)**

表演者：林黛玉、薛宝钗、史湘云

【林黛玉】

未若锦囊收艳骨，一抔净土掩风流。

质本洁来还洁去，强于污淖陷渠沟。

【薛宝钗】

桂霭桐阴坐举觞，长安涎口盼重阳。

眼前道路无经纬，皮里春秋空黑黄。

【史湘云】

岂是绣绒残吐，卷起半帘香雾，

纤手自拈来，空使鹃啼燕妒。

三人分别朗诵各自的代表作：《葬花吟》《螃蟹咏》《柳絮词》

直播福利
- 超大型晚会
- 3 万点赞抢奖
- 关注请吃饭
- 送黛玉亲签

# 红楼新年晚会

特约 大觀園酒肆 赞助

玫瑰清露 rose qinglu ROSE

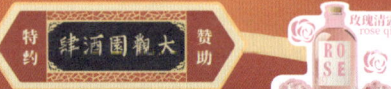

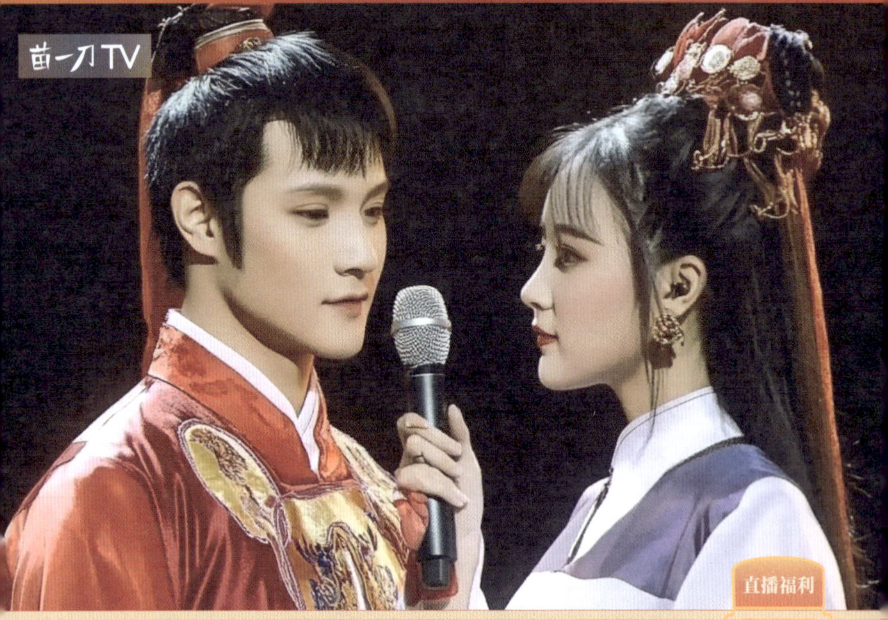


直播福利

超大型晚会

3万点赞抽奖

关注请吃饭

送黛玉亲签

## 第8秀——歌曲表演《那些年》

(@家妤 Laetitia)

表演者：贾宝玉、林黛玉

红娱圈金童玉女，大观园官方认定组合，花王贾宝玉和神仙妹妹林黛玉今夜世纪大合体！这对为我们带来无数青春记忆的银幕恋人，今夜将为大家倾情演绎《那些年》。伴随着记录着其互动点滴的 MV，让宝玉和黛玉带领大家再次回味那段甜蜜的爱恋。

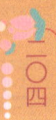

# 红楼新年晚会

 特约赞助 肆酒围观大

## 第9秀——压轴戏曲表演

**直播福利**
- 超大型晚会
- 3万点赞抽奖
- 关注请吃饭
- 送黛玉亲签

（@ 重阳）

表演者：文官、芳官、藕官、蕊官、药官、艾官

　　自戏班被遣散之后，十二个女孩子都开始学习针黹女红等事，此番再聚，是重拾旧业的好时机。

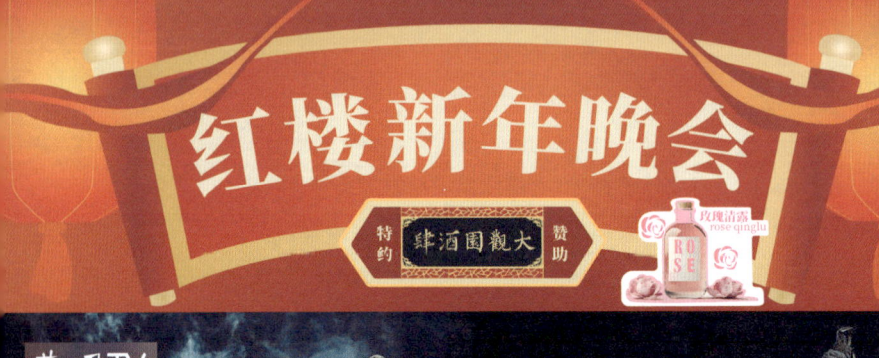

## 魔术表演

(@彭璞 @停云)

表演者:茫茫、渺渺

茫茫与渺渺,大名癞头和尚与跛足道人茫茫大士与渺渺真人,乃是石某这"性感纹身"的始作俑者。二位见多识广,阅历深厚,腹中有无数奇闻故事,身怀高深法术。

譬如,如何将补天的大石变为婴儿含在嘴里的玉;如何通过神曲《好了歌》将正常人"洗脑";如何"持颂通灵宝玉医治精神病"等。

此外,晚会特邀嘉宾"孽海情天"档案馆常驻理事警幻仙姑前来助阵,可为各位观众当场勘测姻缘。没对象的帮找对象,有对象的帮看能否善终,并随机赠送特制风月宝鉴双面镜一个。

各位红楼娱乐的哥儿姐儿,各位走过路过不吝打赏的公子小姐,以及在背后默默支持红楼饭圈事业的老爷太太们:

我们的晚会也要接近尾声了,非常感谢各位的捧场,也十分感恩命运安排的这一场美好相遇。此番际遇或有幸,可做红楼梦中人。

祝大家新年快乐。新学期即将结束,但红楼之梦永远有新的故事,感谢各位的收看,苗一刀 TV 持续为您报道。

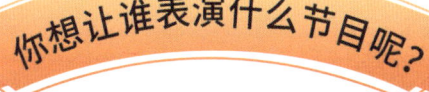

你想让谁表演什么节目呢?

延伸阅读本回《红楼梦》

## 主编有话说

采用农历纪年的贾府一家老小对公历的新年是无感的。但他们如今来到了南京大学，就要入乡随俗啦。除了聚在一起吃大餐之外，即兴表演是少不了的，《红楼梦》中王熙凤的脱口秀曾倾倒全家上下，成为贾府宴会的保留节目。时光已驶入二十一世纪，何不让他们举办一次专场迎新晚会。

于是就有了本次花式作业的题目：红楼新年晚会。

具体要求如下：

列一个迎新晚会节目单，节目在五到十个之间，要写出表演节目人员和节目名称，节目可以是一个人演，也可以几个人合作，但必须是《红楼梦》里的人物。节目单之后要写个简要的说明。希望幽默风趣且有创意，让人眼前一亮、脑洞大开那种。

作业的目的也很明确，那就是让大家从才艺的角度重新审视《红楼梦》中的人物。这些人物和我们一样，平时看着不起眼，但到了舞台上，也许就能让人眼前一亮。至于表演什么节目，这就需要大家细致揣摩每个人物的特点及才能。说白了，最终的目的就是换个方式让大家阅读作品，熟悉作品。细读文本，这是研究的基础，我的所有花式作业都是围绕这个进行的。

呈现在列位看官面前的，就是这次的部分作业。就我个人的感受而言，基本符合要求，但精彩程度不够，无论是创意还是幽默感，这还需要大家的继续努力。

# 第十回

## 倾情献才艺 雪芹转世
## 贺岁再登场 花式红楼

- 贾元春才选凤藻宫 秦鲸卿夭逝黄泉路
- 秦可卿死封龙禁尉 王熙凤协理宁国府
- 林如海捐馆扬州城 贾宝玉路谒北静王
- 贤袭人娇嗔箴宝玉 俏平儿软语救贾琏
- 庆寿辰宁府排家宴 见熙凤贾瑞起淫心
- 贾雨村夤缘复旧职 林黛玉抛父进京都
- 甄士隐梦幻识通灵 贾雨村风尘怀闺秀
- 送宫花贾琏戏熙凤 饮仙醪曲演红楼梦
- 贾宝玉奇缘识金锁 薛宝钗巧合认通灵
- 王熙凤毒设相思局 贾天祥正照风月鉴
- 贾宝玉初试云雨情 刘姥姥一进荣国府
- 白玉钏亲尝莲叶羹 黄金莺巧结梅花络
- 宝钗借扇机带双敲 龄官画蔷痴及局外
- 绣鸳鸯梦兆绛芸轩 识分定情悟梨香院
- 撕扇子作千金一笑 因麒麟伏白首双星
- 宴宁府宝玉会秦钟 探宝钗黛玉半含酸
- 听曲文宝玉悟禅机 制灯谜贾政悲谶语
- 秋爽斋偶结海棠社 蘅芜苑夜拟菊花题
- 冷子兴演说荣国府 贾夫人仙逝扬州城
- 诉肺腑心迷活宝玉 含耻辱情烈死金钏
- 大观园试才题对额 荣国府归省庆元宵
- 手足眈眈小动唇舌 不肖种种大承笞挞
- 训劣子李贵承申饬 嗔顽童茗烟闹书房
- 西厢记妙词通戏语 牡丹亭艳曲警芳心
- 葫芦僧乱判葫芦案 薄命女偏逢薄命郎
- 滴翠亭宝钗戏彩蝶 埋香冢黛玉泣残红

尊敬的老祖宗，敬爱的各位老爷、太太，亲爱的各位公子小姐，哥儿姐儿们：欢迎大家来到苗一刀 TV 开年盛典暨结局大赏的现场。

2024 年早已画上了圆满的句号，而我们《红楼梦》的大结局仍然悬而未决。今天我们欢聚一堂，为曾经的故事寻找一个句点，一个美丽的结束和明确的交代，这样我们才能轻盈勇敢地前行！

**你还在为大结局究竟是"食尽飞鸟各投林"还是"兰桂齐芳家业兴"而困惑吗？**

**你还在为苦绛珠魂归离恨天黯然神伤，默默流泪吗？**

**你还在为宝玉和僧道远去的背影暗自叹息吗？**

**你还在为那算不清的恩怨账，理不清的姻缘簿而苦恼吗？**

**你还在……**

不要担心！自会有人满足你的好奇，安慰你的烦恼，打开你的眼界，挑战你的认知……是谁呢？

你可还记得那五十多位自称曹雪芹转世、请红楼人物吃饭、帮大家介绍对象、介绍工作的红学"狗仔"吗？在红楼婚姻介绍所兼职业介绍所所长苗怀明的撺掇调唆，总之是威逼利诱下，群魔乱舞，大显神通，竟然一脚踢开曹雪芹，双拳打晕脂砚斋，宣称要逆袭中国文学史，为《红楼梦》撰写花式结局。

接下来，让我们进入《红楼梦》新结局的大赏时刻，因内容过于火爆，容易引起各位观众极度的情绪起伏，请各位看官自备纸巾，泪点较低的姑娘们慎入。

# 风月宝鉴

生成一个红楼梦结局

　　且说那贾宝玉自悬崖撒手、弃而为僧后,并未曾寻得个庙宇栖身,而是做了个游方僧人,四处游历,见了些兴衰,经了些离合,心里倒也渐渐明白了些许。
　　这一日,正值数九寒冬,宝玉独自蹒跚而行,忽见一僧一道远远而来,生得气骨不凡、丰神迥异,宝玉心神一动,迎向那僧道:"二位仙师!弟子有礼了。"那僧道亦答礼相问。
　　宝玉因说道:"弟子经了这半生富贵,一遭流落,已有超脱己身之意。然心头始终有一股意气盘桓,却是割舍不下这身子。今日得见仙师,忽觉可以了结,还望仙师指教。"那道人因笑道:"你这佛门子弟尘缘未断也。"
　　那僧笑道:"左不过是一干风流冤债罢了。"
　　因对宝玉道:"痴儿,你又何曾料想不到,家中潦倒,你那姊妹们自然不过或身赴黄泉、或孤苦一世、或青灯古佛罢了,又有何意气盘桓之处?说起来,你家中不日倒是又有一件烈火烹油之事,似有家业复兴之见,然终究不过一场笑谈……痴儿,你竟还未悟耶?"
　　说着,却也不再理会呆立的宝玉,伸手将其颈上之玉摘下,笑道:"你这蠢物,也该回去了罢。"
　　说罢,只见那玉飘然而去,直至那大荒山无稽崖青埂峰下,化作一块大石,石上字迹分明,编述历历,静待有缘之人经过耳。此间诸事暂且按下不表。
　　且说宝玉自颈间之玉去后,忽似惊醒,却又似迷蒙,也不顾

@ 编剧冠茹

僧道二人，竟自回身而走，步伐既稳且疾，转眼便只余残影。又见天上搓棉扯絮一般落起雪来。

那僧道见之大笑，继续前行，又一边唱道：

"为官的，家业凋零；富贵的，金银散尽；有恩的，死里逃生；无情的，分明报应。欠命的，命已还；欠泪的，泪已尽。冤冤相报实非轻，分离聚合皆前定。欲知命短问前生，老来富贵也真侥幸。看破的，遁入空门；痴迷的，枉送了性命。好一似食尽鸟投林，落了片白茫茫大地真干净！"

### 说说你对这个结局的看法吧：

# 风月宝鉴

生成一个红楼梦结局

　　且说那日，宝玉留宿蒋玉菡、袭人家中，袭人连夜寻来宝钗，欲让两人见上一见，自以为今日团圆，虽不比往日，好歹也能重聚。

　　大雪下了整整一夜，两人在雪地里摔了几跤，也不顾月冷风寒，搀扶着终于到了家中。

　　宝钗颤抖着双手，轻轻推开门，却见床铺叠得整整齐齐。这才衣襟掩面，终于失声痛哭，一摸被子，尚有余温。

　　那贾宝玉身披袭人昨夜翻出的大红猩猩毡，散着头发，虽说袭人已替他梳洗了一番，但早无神采，不知"面若春秋之月，色如春晓之花"是何许人也。

　　不知行了多久，经过一座被封的宅院，似是荣国府，又似认错了。此时已是寒烟漠漠，北风萧萧了。

　　忽见一队人马经过，原来是押送犯人的囚车，宝玉一看，车上那人竟是贾雨村。

　　不远处一道士低唱而来，衣衫落魄，贾雨村闻声心下一惊，回头欲看，却不辨面目，但听他唱道：

　　"为官的，家业凋零；富贵的，金银散尽；有恩的，死里逃生；无情的，分明报应。欠命的，命已还；欠泪的，泪已尽。冤冤相报实非轻，分离聚合皆前定。欲知命短问前生，老来富贵也真侥幸。看破的，遁入空门；痴迷的，枉送了性命。好一似食尽鸟投林，落了片白茫茫大地真干净！"

@编剧婧婧

# 风月宝鉴

 生成一个红楼梦结局

却说那通灵玉自宝玉撒手尘寰、一去无踪,竟也飘飘然不知自己身在何方,但见天云山水,上下一白。恍惚间又被人从雪中托起,便听那癞僧笑道:"石兄!红尘一别,廿余年矣!如今可还念那人世间荣耀繁华?"

那石一怔,叹口气道:"顽石自悔不听仙师当初'美中不足、好事多磨'之解劝,无话可说。只是还有一不情之请:经年相伴竟不告而别,可否再让弟子见那小主人最后一面?"

那僧道闻言诧异道:"倒也是个有情义的蠢物。"便袖了那石,一径往太虚幻境上来。

太虚幻境本是天仙福地,那僧道不便进入,便向那石施一术法,叮嘱道:"此术可使你在此见遍故人,但万不可开口透露红尘中事;随后便须回来处化回原身,切记切记。"

那石点了头,便如生双翼,径自飞入牌楼去了。

却说那石穿花度柳,飘飘摇摇,一路上见得不少神妃仙子红颜如旧,样貌都是故人。他一一仔细端详了去,不觉到了灵河岸边,见有白石花栏围着一棵青草,叶头上略有红色;栏边立一仙子花冠绣服,道不尽情态风流袅娜,正肖黛玉。

那仙子目视前方似有所待,那石便随她目光一道看去——只见雾霭缭绕中影影绰绰走来一位公子,面如中秋月,色似春晓花,发冠一簇红缨微颤,一如初见模样。"宝玉!"

那石正待开口,忽然天地倒悬,只听那仙子也说了一句什么,再睁眼便已是苍松翠柏,青埂峰下。

@ 编剧伊麟

那石自觉身形不似先前轻便,便知已恢复原身,再定睛看时,那凡尘中所历之事,竟都逐句錾在了身上。

那石仰天长笑三声,便敛了元神,自此不再说话动念,静待来者。正是:天外书传天外事,两番人作一番人。

三生河畔神瑛绛珠双宿双栖,青埂峰下历劫顽石孤家寡人……

### 说说你对这个结局的看法吧:

# 风月宝鉴

生成一个红楼梦结局

那日,雨雪霏霏,满目白霜。贾府里宝玉那院内纷纷攘攘,丫鬟婆子忙进忙出。

王夫人并薛姨妈等坐于偏厅内。王夫人与薛姨妈执着手,不时往厢房里张望,神情紧张惶然。宝玉独坐一角,呆愣痴癫。偏今日人仰马翻,袭人亦是忙着调停,便也无暇照看他。

不知过去几时,房里的叫喊声停了,转而一声洪亮的婴儿哭声传出。随即袭人满脸喜色的走来,向着王夫人等笑道:"恭喜太太、姨太太,二奶奶生了个大胖儿子,母子均安。紫鹃、麝月正在里边收拾,一会子就将小公子抱出来。"

众人皆喜,满屋的婆子丫头均向王夫人薛姨妈道喜,却是贾府自败落以来久未见的热闹喜气。

那厢众人围着说吉祥话,这厢宝玉闻得母子平安便默默站起身来,木然地往外走去。自走出贾府大门,只见有那一僧一道站于门前。那道人问道:"一切皆了了?"

宝玉点头。那僧、道放声大笑,转身而去,宝玉也随着他们扬长而去。且说那宝玉随着一僧一道,三人皆不言语,只直往前走。不知何月何日走至青埂峰下,宝玉忽止步于此,那一僧一道亦止于十步外。

只见宝玉拿下那通灵宝玉置于面前空地道:"你伴我今生,随我历红尘,如今我俗缘皆了,归去前将你还回此处,望你亦圆满了悟。"

@ 编剧惠敏

# 风月宝鉴

生成一个红楼梦结局

　　那一僧一道上前复施了法,转瞬间那玉变回了石头。宝玉负手前行,往日眉宇间郁结之气、痴癫之状皆无,于风雪中单薄前行却身姿挺拔俊逸。那僧道与石兄作别,随即追上宝玉而去。

　　不知凡几,三人行至离恨天之上灌愁海之岸,欲往彼岸太虚幻境。宝玉竟直往那灌愁海中走去,神态自若平和,不喜不悲,目中清明。那僧道含笑注目,见其没顶便携手施法去那彼岸候着。

　　片刻,一人徐徐上岸,却不是宝玉,而是神瑛侍者。那灌愁海集满人之愁苦悲怨,宝玉渡之,洗俗尘,将那悲欢离合种种俗缘留于灌愁海内,脱凡骨,得复仙身。

　　神瑛历劫归来,无喜无悲,神识正觉,偕同一僧一道走过太虚幻境牌坊,入了孽海情天宫室。凡尘所历种种恍若梦中事,梦醒即散。可叹是:

**红楼富贵黄粱梦,爱憎痴傻历情缘。**
**渡得凡尘终了悟,脱骨去情归真境。**

## 说说你对这个结局的看法吧:

# 风月宝鉴

> 生成一个红楼梦结局

话说宝玉随那一僧一道去后，一日行至大荒山无稽崖，只听那癞头和尚说了句什么"好"，跛足道人又答了句什么"了"，之后便与宝玉告辞，各自走开了。

此地云雾缭绕，不似人境，宝玉行至青埂峰下，不觉神思疲倦，沉沉欲睡，恍惚中一种异常强烈清晰的无名记忆向他袭来。宝玉四顾无庇，就于青埂峰下卧眠……

"这个妹妹我曾见过的，今日只作远别重逢。"

"你们胡说，颦儿怎么会死？"……

"快醒醒，你都睡了多久了？"一赤瑕宫童子唤醒了正在小憩的神瑛侍者，"你今日怎么这般嗜睡，足足睡了有十二个时辰呢，还姐姐妹妹的呓语。"

神瑛侍者大梦初醒，被梦中人事纠缠，一时竟回不过神来，连忙向身上摸索，哪里还寻得到一块通灵宝玉。

半晌，神瑛侍者仰天大笑："是了是了，假作真时真亦假，无为有处有还无。罢，罢！一场凡间俗梦罢了！"

说罢，便起身往太虚幻境销号。来至太虚幻境，下凡历劫者如欲忘却前尘往事只需饮下一碗忘情水，便可忘记梦中人。

"恭喜神瑛侍者历劫归来，"警幻仙姑笑迎上来，说毕便奉上一碗忘情水，"绛珠仙子等先回来的人都已饮了此水。"

神瑛侍者笑笑，"她倒洒脱。"说罢，便也一饮而尽，告辞了警幻，独自往离恨天去了。

@ 编剧紫荆

# 风月宝鉴

生成一个红楼梦结局

　　且说那宫中传出消息，要将宁荣二府中的男丁收监下狱，不日问斩。这里收在一处的姑娘媳妇们听见了，早已唬得哭天喊地，那贾母更是立时昏晕，一朝离了人世，凤姐王夫人遍搜身上值钱之物，好歹说与官爷置了副薄板棺材，毕竟不知官府怎么处置，只表表孝心罢了。

　　后宫中有旨传来，说是念祖之德，且将贾家男人流放边地，房屋田产并过半家奴充官，只拨几间小屋与女眷生活。这边女眷千恩万谢地接了旨，只等送家里爷们出城那一日。

　　话说不日便到了贾家男人离京流放之期，媳妇们倾尽家中之力，好歹准备了些衣物钱粮，早早便来城门候着。不多时来了几辆牛车，贾政贾赦贾珍贾琏宝玉贾蓉等人衣衫破烂、蓬头垢面、披枷戴锁地来了。

　　黛玉已哭得说不出话，旁边紫鹃犹在搀扶，道："二爷此去是一定能够回来的，那时奶奶肚子里的小人也可出来了。"

　　宝玉方知黛玉怀有身孕，黛玉好歹止住片刻，哽咽着道："不知我这样命苦，孩子的命却更苦，竟不得知能否见其父亲一面……"宝玉勉强解劝。一时官府催逼，大家才忍痛搁手，男人们方才上路。这里女人们又哭成一片，望着自家爷们儿去了。

　　其后黛玉诞下一子，却因身体虚弱，当日便赴了黄泉。贾家一干男人毕竟未得回归，惟余一子，倒是过着普通人的日子了。

@ 编剧美玲

# 风月宝鉴

生成一个红楼梦结局

抄家后的宝玉和宝钗在袭人、蒋玉菡的接济下勉强度日。

一日,宝玉再度梦见黛玉,起身后便前往蒋玉菡家赴约,然而在大雪地里迷了路。袭人等好不容易找到了贾宝玉,可是一夜过后却发现宝玉再次不见了。

原来宝玉在夜里将明时起身,大睁着眼走出门去,全无一丝动静,正赶上城门开启,便走出城去,一路迤逦而行。行至半路,宝玉只见不远处一破庵凭空立在雪中,庵身却全无一点雪,不禁拐了进去,不想里面却空空荡荡,仅一案而已。

案上也无菩萨,也无香炉,却置一方铜镜,两面皆可照人,镜把上錾着"风月宝鉴"四字。

宝玉凑近了瞧,却见镜中一个同他一模一样的少年朝他招手,恍惚中宝玉似走进了这镜子。

那少年问他:"你是谁?"宝玉道:"我是宝玉。"少年道:"我才是宝玉。"宝玉想到甄家同他模样相同的小公子,问道:"你是甄宝玉?"

少年哈哈大笑,道:"我自然是真宝玉,那你便是假宝玉了?有趣有趣,你恰在镜中,自然是假宝玉了。"

宝玉惊诧:"怎的是我在镜中?分明是你在镜中。"

甄宝玉比他更惊诧:"你这人说话有趣,分明你在镜子里,你怎能以假作真?"

这宝玉本就天生聪颖,顺此语细细一想,思及多日梦境,恍然大悟。自己半生遭遇,竟不过是镜中一幻梦耳!不过他甄宝玉就一定是真?都不过风月幻境,欺人心智!你我皆在镜中!

宝玉哈哈大笑，那甄宝玉的也狂笑起来，只是声嘶如鬼魅，唬得宝玉一抖。直待定神，自己原来站在茫茫雪地中。宝玉自嘲一哂，将那铜镜擦拭干净，拔脚欲行。却不料脚下一滑，便直挺挺倒在地上，再起身不得。

此时本飘着鹅毛大雪，宝玉不一会儿便埋在雪片之中。

不知过了多少时辰，风雪已停。有一僧一道飘然而至，在宝玉留尸之处站定。

只见那僧人拂开积雪，捡拾起地上铜镜，粗粗擦拭，口中念念有词。又俯身向宝玉之尸，道："你此生能得此大悟，也算圆满。"

说罢，伸手解下他颈间美玉，在袖袍上蹭蹭，凑近眼前，只见：美玉之内似有百万星斗，细细闪光。

僧人大喜，对道人道："嘻！这一遭成了！端的是好玉好传奇！警幻也可顺心遂意了罢！"道人也含笑颔首，二人挥袖，倏忽不见了踪影。

又不知何年何月，何时何地，那一僧一道又同游于一处山水。

僧道二人无意间抬头，只见群峰昂首，最高一座之上，竟是一块危石高耸。二人相视一叹，道人道："警幻着实恼人，如今已是第十六遭了。神瑛绛珠固然逾矩，只是此般历劫，也太苦了些。"

僧人道："想那绛珠一次次愈发命蹇时乖，先时父母健在，第十五遭竟早早寄人篱下，只不知此番是怎样情形。"

道人道："神瑛亦是。警幻不肯罢休，定要让其遍尝纨绔之荒唐才好。"

僧人双手合十道："阿弥陀佛，天机不可泄露。你我早些去那石下演说人间浮云富贵，接引他下去罢。"

@ 编剧敬言 @ 编剧林芮袂倾情打造

# 风月宝鉴

> 生成一个红楼梦结局

大观园已破败萧条。夜间，众人早已睡下，除了守夜的几个婆子，园内寂静无声。

宝玉独自一人怅然若失踱步至潇湘馆。阵风吹过，潇湘馆门框隐隐作响。一片残英随风落至宝玉面前，昔日情境又重现眼前。

恍惚之中，黛玉向宝玉走来，眉眼一似从前。黛玉衣袖掩面，口中吟道："花谢花飞花满天，红消香断有谁怜？"……

葬花吟终了，声音减弱，身影减消，黛玉倏而不见。

宝玉猛然惊醒，伸手去抓。原来是梦，没有林妹妹，是自己伏在门框前睡了半晌。望着周遭一片漆黑，宝玉终已明白他二人死生再不能相见。

"我这浊物留在世间，还有什么可恋？"

宝玉心如死灰，踉踉跄跄，来到昔日金钏儿投井之处。泪滴入井，宝玉已探下半个身子，背后忽有人拽其腰带。宝玉大惊，摔至地上。黛玉蹙眉走上前："你这何苦？"

宝玉刚从梦中醒来，又见黛玉，想来又是梦一场。不觉顿首大哭："好妹妹，你莫non欺我。我睡里梦里，也忘不了你……"

黛玉忍不住笑了："你呀，"转身长叹一口气，"我人虽已逝去，却未曾真的魂去。我原不想再现身见你，想来宝姐姐必能替我照顾好你。谁想你这狠心短命的竟真要自寻短见。你我二人此次相见乃是了缘。宝玉，宝玉，你好好的……此番，我真去了。"

一语未终，黛玉又隐身不见。

仿佛有一滴泪滴在脸颊上。宝玉用手去拭，抬手间从梦中睁开眼，身旁宝钗仍在安睡。

@ 编剧彤彤

# 风月宝鉴

生成一个红楼梦结局

却说那日贾政将书信寄回，提及遇到宝玉种种，宝钗哭得肝肠寸断。又因思及贾府如今之衰败，除了贾兰考取了功名，家中老幼妇孺均无所依，只得将治家之事担了下来。

与王夫人、李纨一起将贾府卖了，遣散了众丫鬟仆役，在京城之郊买下几栋茅草屋，开了个学堂，宝钗负责教书，又有李纨料理琐事，精打细算，倒也把日子过了下来。

京城的百姓闻得原先的贾府出了个女先生，容貌不俗，文采更是斐然，学费也不高。几个家中稍微富裕些的，进不了私塾，便把自家的孩子送到宝钗学堂去，久而久之，学堂的名气也大了起来。

唯有京城的各位贵族将此事当作笑谈，茶余饭后，均叹薛家姑娘之命苦，此事暂且不表。

又过了几年光景，贾兰有幸在户部得一官职，在京城又开一府，仍作"贾府"，将宝钗母子并王夫人一并接了过去。

宝钗虽感如今事事安定，心中却仍放不下宝玉，时常在夜深无人时默默流泪。

这日宝钗刚睡下，冥冥之中似乎听见一阵乐声，又见黛玉坐于一屏风之后，周围丫鬟环绕。似有昔日旧友之影，又似乎听人称其为"潇湘妃子"，朦朦胧胧听不清楚，亦望不真切。

随后又见宝玉来找黛玉，周围人均称"神瑛侍者"。

宝钗忙上前呼唤，却听宝玉转身，向她摇头道："冤冤相报实非轻，分离聚合皆前定。勿要痴迷执念，重蹈覆辙。既已让你

@ 编剧清韵

窥得天机,还不速速离去!"

宝钗忽觉身下一空,猛然惊醒。那宝钗原本就是个通透的性子,思及梦中种种,心下了然,自此愈发沉稳,兢兢业业。

而之前受她点拨的孩童后竟真有一两个考取了进士,一时之间京城哗然。各府太太纷纷向宝钗取经,倒也不失为一段佳话。

### 说说你对这个结局的看法吧:

# 风月宝鉴

> 生成一个红楼梦结局

宝玉的神魂离了躯体，恍恍惚惚地来到青埂峰下，站在那里，忽然眼见远处走来一僧一道。才一眨眼功夫，那一僧一道就在身侧。话也不说，携了宝玉就走。

宝玉一边抗拒着一边问道："敢问二位要到哪里去？"

那道人说："休多问一句，只留心观看便了。"

说着，宝玉仿佛随着一僧一道一下子飞奔好几千里，眼前竟出现好些人。

首先出现的便是林黛玉，只见黛玉病逝在床前，那似烟似雨的双眸还含着泪；又见宝钗嫁了人，那丈夫是个浪荡公子，竟一夜之间赌光家产，生活潦倒不堪。

宝钗遭此横祸，竟也唾弃自己从前那套伦理说辞，只得天天围着柴米烦忧。

末了，看见一人，正是自己。

这人自黛玉逝去，失魂落魄，竟开始游戏人间，将过去那些"清净洁白""肮脏污浊"的一套说辞给鄙弃了，既然是浊物便要污浊到底。

又想起警幻仙姑说的那"淫"字，便纵情纵欲，日夜笙歌不断。大观园而后破落潦倒，不但大观园没了，里边的人，人里边的心，都失落了。

宝玉观及至此，惊愕又痛心非常。忽地一股劲力袭来，神魂又回到了躯体之中。

宝玉醒来，发现袭人在一旁哭着，便伸手碰碰她，唤了一声"袭人"。

@编剧静瑜

袭人脸上还挂着泪痕，眼见眼前这宝玉好似换了一个人。竟是正经八百地，自己仿佛看见那些所谓的君子和圣人，又听宝玉清清醒醒地说道："我从此以后，可全都要改了。不为了那功名利禄，却是要为了所有人……"

袭人听了宝玉说这没头没尾的一句话，惊呆了，又不知该说什么，只得愣愣地看着他。宝玉究竟如何？要知端地，且听下回分解。

### 说说你对这个结局的看法吧：

# 风月宝鉴

生成一个红楼梦结局

  历尽人世悲欢的宝玉登上山巅,眼底是金陵的风烟,脚下是大江的浊流。他眼含热泪,凝望远方,又变回了那无材可去补苍天的顽石。

  在他身旁的罅隙里,生长着一株绛珠仙草。岁岁年年,顽石岿然屹立,绛珠草几度枯荣,大江依然奔流。

  警幻仙姑邀曹子于太虚幻境小坐,共话红楼。

  余叹曰:红楼梦,梦金陵。小说家之言,非为一人一家之成败,而为一城一朝之兴亡。金陵之地,康乾之时,便是那石头记演绎发挥之舞台也。宝黛之劫,非一己一生之劫,亦金陵繁华之劫也。呼啦啦似大厦倾者,非贾家也,亦潜藏危机之康乾盛世、大厦将倾之封建末世也。有劫难,亦有新生。纵有挣扎,有罹难,然独立精神之萌芽,已如滔滔江水一往无前矣。是故以一世一人之穷达,映一城一时之故事;以轮回往生之遭际,思家国兴亡之命运,则小说家之功,可至万世而不朽也。

  警幻点头而笑,曰:"曹公所言极是。余亦尝闻,文章合为时而著,诗歌合为事而作。"

  曹公何妨一看,后世之大观园、金陵、神州,景致何如?

  于是随警幻踏祥云,闻仙乐,下望尘寰。但见:

**虎门烟起,天朝唯余怅恨**
**松江埠开,西风一旦溢洋**
**王朝残梦,争言宗法权重**
**江山烽火,何论诗酒情长**

@ 编剧宇娇

东洋屠戮，氓氓黔首殒命
金陵历劫，浩浩中华罹殇
黄浦风云，发乎雷霆激荡
紫金王气，黯于雾霭苍茫
魔都亦都，萍梗蜗居经岁
南京非京，王谢燕语绕梁
纸醉金迷，沪上尽展气象
诗残书远，白下空留文章

说说你对这个结局的看法吧：

# 风月宝鉴

生成一个红楼梦结局

"平儿姐姐，村里的日子过得可还习惯？"

小红掀开门帘，一面说一面走进来。

"你可来了，来，坐炕上吧，请用茶。倒也没有什么习惯不习惯的，布衣蔬食，日子还不是那样过？芸二爷可还好？听说你们夫妻同心，其利断金，园林盆栽的生意越来越红火。"

小红道："姐姐见笑了，小本买卖罢了，再怎么红火，究竟比不上昔日那旧东家。"

平儿一听，心中顿时沉下来，道："这是自然的……自林姑娘去了，宝二爷又在夜里失踪……他的下落打听到了没？"

小红举起茶杯，轻抿一口，答道："今儿正是为这事来姐姐处，"沉吟片刻，"说起来，这事古怪着呢。官兵在离狱神庙五里外的后山，发现宝二爷倒在雪地上，上前一看，早没了气。"

平儿忙道"二爷没了？好端端一个大活人，守卫又森严，二爷怎么逃的？"

"这是一件，还有第二件怪事，雪地里有许多烧过的火柴梗，件工还说二爷神情恬静，如做梦一般，没半点苦相。"

话音刚落，小红见平儿眼眶湿润泛红，连忙安慰："平姐姐，别伤心，听来店里的洋人买办说，西洋有一种火柴，烧了之后，你心中所想都能成真，宝二爷定是跟着享福去了。"

平儿无奈苦笑："这话连哄骗小孩都不能够。你难得过来一趟，告诉你一个好消息，巧姐与板儿已定下亲事了。"

"真的？走，我们到姥姥家去，沾点喜气。"

小红撇下茶杯，绕着平儿的手臂出门去了。

# 风月宝鉴

生成一个红楼梦结局

却说宝玉尘缘已满，自有茫茫大士渺渺真人携归青埂峰前，依旧化为石形。这石历尽离合悲欢炎凉世态，已不复前世自怨嗟悼、切慕红尘之心。

石笑答道："自那年荣宁查抄之前，钗黛分离之日，我已离世，后面复有多少收缘结果的故事，我也不甚明了，只是却还惦记着神瑛侍者，不知他历完劫后可曾与绛珠仙子再见面没有？他那些早夭的姐姐妹妹，也不知在那太虚幻境里再相聚没有？"

道人听罢，点头应道："也好，教你了结这段情缘，便可谓无复遗憾了。"

说着，仍将石头化作美玉袖了去，一路携至太虚幻境之中。

石头见那楼阁高耸，殿脚玲珑，且有好些仙人妃子隐约其间。湖心亭中，有一勒金抹额，穿大红箭袖的公子，围着小炉煨一壶温酒，仔细一看，正是神瑛侍者的形容；身旁坐着一头戴花冠，身穿绣服的女子，不是别人，正是绛珠仙子。

石见此欣然，复又央道人携他去看其他姐妹。只见一片芙蓉花海中有一翩翩仙子，正是当年贾宝玉房中名唤晴雯的丫头；二尤、秦氏等人也尽数见过，不必一一细说。

这石看到这里，方觉心满意足，便随道人归去，仍立于青埂峰下。

@ 编剧亦渺

# 风月宝鉴

 生成一个红楼梦结局

却说那玉飘然而去之时,宝玉脑中似有一线明光闪过,恍如初醒,心中百感交集。他凝望那僧道远去的背影,默然不语,愈发觉这世事如梦,荣华似水,回首皆空。

宝玉于寒风中怔怔立了半晌,忽然觉脚下一轻,四周景物霎时变换,竟重又见得那日幻境。只见云雾缭绕,仙乐飘飘,众仙娥迎面而来,眉目如画,正是昔日于太虚幻境中所见诸仙。宝玉心下恍然,知是梦中之梦,然此梦已非彼梦,一切更觉虚幻缥缈。

行至一处,见一座琼楼玉宇,楼前悬一匾额,上书"警幻仙境"四个大字。宝玉心中一动,知是警幻仙子所在,遂整衣规步,入内参拜。果见那警幻仙子端坐帷扉间,见宝玉至,微微一笑,道:"你竟还记得归来?"

宝玉肃然而拜,答道:"弟子虽历世间冷暖,然每思及仙境,便觉如归故土。今得重回,心愿已足。"

警幻仙子点头道:"你既已了悟尘缘,来日方长,自当超脱桎梏,不再为情所累。然你之劫数未尽,尚需渡一遭。"说罢,纤手一挥,现出一镜,镜中隐隐现出贾家旧事,悲欢如梦,皆历历在目。

宝玉注视不已,心中虽觉悲切,然亦不住释然。警幻仙子注视他良久,复道:"此去彼世,愿你能修成正果,不负此生。"言罢,仙境渐渐隐去,宝玉但觉眼前一片清明。

自此,宝玉于幻境中潜心修行,再不染尘,直至终成正果,超脱红尘苦海,了却凡心一片。虽然人世间仍有诸多未竟之事,然他已心无挂碍,悠然自得于幻境之间。

@ 编剧红尘隐士

# 大结局出镜率最高人物

### 第一名 贾宝玉 or 神瑛侍者

几乎每一位编剧的大结局里,贾宝玉都是主要人物,无论命运沉浮,光阴流转,贾宝玉都在那里,不来不去。将近90%的编剧,他们的结尾就是贾宝玉的专场。

### 第二名 石头 or 美玉

作为贾宝玉在尘世一遭最忠实的伴侣,石头或者说美玉也是编剧们写作大结局时关注的主要对象,而石头的去向一般分为两种:或不知所踪,或重归青埂峰,基本上编剧们都选择以石头的大彻大悟,远离是非喧嚣,为《红楼梦》画上句点。

### 第三名 一僧一道

缘何而起,因何而灭。一僧一道引出的这一番故事,当然就得二位老人家出来收场喽!

**大结局最热门倾向:烟消云散,归彼大荒。**

你以为他们会欢天喜地大团圆吗?
你以为他们会修成正果得善报吗?
为什么大家纷纷选择这样的倾向呢?

@ **编剧林芮:** 我真心觉得《红楼梦》的珍贵之处,在于它有能打动所有人的永恒的美和悲剧,而这种悲剧肯定有不可解的成分。

@ **编剧婧婧:** 我个人认为续书结尾的处理很合理,让贾雨村和甄士隐归结《红楼梦》,回到补天顽石,太虚幻境,悼红轩,我比较赞同这种处理方式。

@ **编剧菩提**：我个人觉得主要还是依靠判词来揣摩《红楼梦》最后的走向和发展的可能，一曲怀金悼玉的红楼梦，它的尾音如何安排还是要契合总体的基调和旋律。悲歌唱彻，震透人心，我觉得是《红楼梦》的魅力所在。

@ **编剧雁南**：按照脂批，宝玉最后的状况是很凄惨的。我根据这一点推测，在无限凄凉中宝玉肯定会回忆起过去的生活，又在追忆中对人生有了透彻的了悟，最后被一僧一道带走。

## 大结局最悲惨人物：自然当属贾宝玉！

据小编不完全统计，在这次花式作业中，贾宝玉死了 3 回，其中冻死雪地无人收尸 1 回，了无生趣投河自尽 1 回，出家至少 15 回，和黛玉即绛珠仙子分离 20 回，家道败落 22 回，在大雪地里孤独远去至少 7 回（其中有一回连年夜饭都没来得及吃，急着到佛学院做期末考试题）。

真真是闻者伤悲，见者泪流啊，惨绝人寰贾宝玉！

**不过话说回来，这里面有一个结局是 AI 创作的哦，你能猜出是哪篇吗？**

延伸阅读本回《红楼梦》

## 主编有话说

　　这是我《红楼梦》研究课程的最后一次花式作业，具体要求如下：

　　虽然曹雪芹写完了《红楼梦》，但八十回后的内容我们看不到了，现在看到的一百二十回本的后四十回不是曹雪芹写的。但我们知道，《红楼梦》是肯定有结尾的，根据你阅读《红楼梦》的体会，请替这部作品写个结尾，要求字数在一二百字，风格尽量模仿曹雪芹。

　　这个作业也呼应了我们的第一次花式作业：我们都是曹雪芹。既然自己是曹雪芹，那就得"真枪实弹"地去写《红楼梦》。

　　相比前面的作业，这次的还是有一定难度的，既考察同学们对《红楼梦》这部作品的理解，也考察他们的写作水平，包括构思、语言等，以创作的形式写出他们的思考。从提交的三十八份作业来看，整体上还算满意，但有的同学写成了故事梗概，和我的要求还有距离。

　　不过也够难为他们了，毕竟他们是山寨版的曹雪芹，是在完成一项不可能完成的任务，加之课程结束后，马上进入期末考试。尤其是做这篇推文的同学，是在复习间隙见缝插针进行的。

　　这里要强调的是，花式作业是《红楼梦》研究课程的小作业，目的在督促同学们读书、培养能力、活跃气氛，是不计入课程成绩的。我们另外还有课程报告与较为繁重的大作业，这才是最后成绩的依据。

　　有的学校的老师机械模仿，将我们的花式作业变成期末考试题，只是将《红楼梦》换成《聊斋志异》《牡丹亭》等其他作品，这是不够严肃的。因为我们的花式作业都是针对《红楼梦》而设

计的,每一次作业我都会对学术背景、预期目的以及要求做出具体的说明,而且这些题目不适合作为考试题,因为没有客观的评价标准,即便有,实际上也很难操作。

如果不加任何说明,与本学期课堂讲授内容没有多少关联,上来就论证自己是《西游记》的作者,会让人感到一头雾水,莫名其妙,考察不出学生对作品的理解和研究能力,实际上变成了仅具有娱乐性质的脑筋急转弯,这是不可取的。

我们不反对对花式作业的借鉴,但希望能达到督促学生读书、活跃气氛、快乐学习的目的,而不是搞怪,刁难学生。齐白石有句名言,叫"学我者生,似我者死。"就把这句话送给那些借鉴模仿者吧。

最后要说的是,虽然本书已进入结尾,但未来我们并不消停,继续搞事,将花式作业进行到底!